徳間文庫

癌病船応答セズ

西村寿行

徳間書店

目次

第一章　終末次世界大戦前夜

1

出遇《であ》い頭《がしら》の衝突であった。

その車はフォロ・ボナパルテ通りを北から南に走って来た。

パトカーはカステーロ広場から通りに出た。パトカーはサラガットが運転していた。サラガットは同僚を迎えに行くところだった。パトカーの横腹にその車は激突した。

サラガットは幸い無傷であった。

〝クソ野郎〟とわめいてサラガットは車を出た。

先方の車は男が運転をしていた。男は濃いサングラスをかけていた。髭《ひげ》をたくわえている。後部座席に女が横たわっていた。

「下りろよ」

「済まん。妻が急病で急いでいるんだ。そこのミラノ・コムーネ病院に行くところだ。妻を病院に送り込んでからにしてくれないか」

「急病か」

サラガットは覗《のぞ》いた。

たしかに病人らしくみえた。高熱に苦しんでいるのがみてとれた。ミラノ・コムーネ病院はすぐそこだ。まあよかろうとサラガットは思った。よろしいというかわりにサラガットは免許証の提示を求めた。サングラスと髭がなければ、男の貌《かお》はだれかに似ていた。

男は車を出た。免許証を出さずに男は拳銃を取り出した。

サラガットは左の胸を撃たれてふっ跳んだ。

男は車を捨てて走って逃げた。

救急車が駆けつけた。サラガットは生きていた。弾は心臓をわずかに外れていた。

サラガットはとぎれとぎれにいった。犯人はジョルジュ・コロンボだと。

イタリア警察はプブリカ・シクレッツァが中心である。プブリカ・シクレッツァは警備警察隊と刑事警察隊に分かれている。軍隊組織で八万人を擁《よう》している。第三軍団司令部はミラノ市にあって北イタリアを制している。

その第三軍団司令部は全警官に総動員をかけた。第三軍団以外の各方面本部も非常動員をかけた。イタリア全土が緊急事態に突入したといってよい状態であった。

一月十五日であった。

一月九日にミラノ市工業会館で財界のトップクラスの新年の初会合があった。そこへ〝蒼い旅団〟が襲撃をかけた。機関銃と手榴弾による攻撃であった。九人が殺され十二人が重傷を負った。獄中にいる六名の同志を釈放しなければ大量殺戮《さつりく》で報復するとの脅迫を〝蒼い旅団〟は内務大臣に送りつけていた。その脅迫状どおりに殺戮に出たのだった。

〝蒼い旅団〟を率いるのはジョルジュ・コロンボ、三十六歳。そのコロンボが襲撃を指揮していたことが目撃者の証言でわかっていた。コロンボはイタリア中から蛇蝎《だかつ》のごとくに嫌われている男であった。

コロンボをミラノ市に潜伏させていたとあっては警察の名折れである。

血で染まったミラノ市に第三軍団は蜂起をはたした恰好《かっこう》になった。

アメリカ人のボブ・ポールはミラノ市に滞在していた。ポールは世界的に名の売れたジャーナリストであった。ポールは〝蒼い旅団〟との接触を図っていた。手引きをする者がいてジョルジュ・コロンボとの会見が実現しそうになっていたのである。そのコロンボがミラノに潜伏していたとは驚きであった。そして、工業会館を襲っての殺戮は驚愕《きょうがく》以外の何ものでもなかった。

こんどばかりはコロンボの運の尽きだとポールは思った。ミラノ市の中心部近いところで警官に発砲している。警察は威信をかけて非常線を張った。逃げおおすことは不可能に近かった。

しかし、ポールは首をひねった。コロンボに情婦がいた。情婦がいてもおかしくはないがなぜ、わざわざ、コロンボ自身が病院に連れて行ったのかが解《げ》せない。さらに念の入ったことにパトカーに激突している。悪運が尽きたとしか思えなかった。悪人の最期とはそうしたものかもしれなかった。

ジョセフ・ヤングはミラノ市にあるプラザホテルに宿泊していた。ミラノ市で開催されている疫学《えきがく》の学会に出席するためにアメリカから来ていた。

そのヤングに電話のあったのが一月十八日であった。電話をかけて来たのはミラノ・コムーネ病院長のジョゼッペ・デミタであった。

ヤング教授はミラノ・コムーネ病院に向かった。

デミタ院長とヤング教授は友人であった。

「われわれの手に負えない患者がいます。例のコロンボの情婦です。あなたがミラノに滞在中でほっとしました。お知恵を拝借したいのです」

挨拶《あいさつ》もそこそこにデミタ院長は本題に移った。

ジョセフ・ヤングはボストン医科大学の教授であった。疫学の世界的権威として名が高い。

「どんな按配《あんばい》ですか」

「隔離病棟に収容しています。診《み》ていただけますか」

「拝見しましょう」

デミタ院長も疫学の権威である。そのデミタ院長が知恵をというのだからかなり厄《やっ》介《かい》なものと思えた。

デミタ院長の案内でヤングは病室に入った。

患者は吃逆《きつぎゃく》状態にあった。痩《や》せ細っている。極度に衰弱していた。

「体温が四十度から突如、三十七度五分に下がりました。脈拍も七十五に落ちました。胆汁様の液体を吐いていたのが、コーヒー色に変わりました。尿量二百cc。尿中蛋白《たんぱく》質濃度は千七百ミリグラムです。意識が混濁しかけています」

担当医が説明した。

ヤングは患者の体をみた。胸から顔面にかけて潮紅斑《ちょうこうはん》が顕著であった。首の周辺にはかなりな皮下出血がある。結膜は充血していた。

「発病は、いつ?」

ヤングはデミタ院長に訊《き》いた。

「ここへ担ぎ込まれたときには、意識ははっきりしていました。十日ほど前から発熱したと訴えていました。頭痛、腹痛、下痢、嘔吐《おうと》などが自覚症状だったようです」

「それで」

「インフルエンザ、流行性肝炎、敗血症、急性腎炎、消化器系の感染症――すべてを疑って調べました……」

尿蛋白・糖・ウロビリノーゲン・グメリン反応などを調べ、赤血球量・白血球量を調べ血液の細菌培養検査もやってみたが、これといったてがかりはつかめなかった。

血液をベルケフェルト細菌濾過器《ろか》にかけてその濾液を電子顕微鏡で調べたが、病原体はつかめないでいた。

患者の尿・血液・臓器を動物に注入する実験ははじまったばかりだった。

それでいて患者は確実に死に向かっている。

「患者の経歴は？」

「それが、頑として……」

コロンボの潜伏していた場所、逃亡先を知ろうと警察が執拗《しつよう》に責めたが、コロンボの情婦だけあって、女は知らぬ存ぜぬで通した。それに症状は現実に重篤《じゅうとく》である。警察も諦《あきら》めざるを得なかった。情婦は病院側にも病気以外のことはいっさい喋《しゃべ》らなかった。ヤング教授は感染経路を訊いている。デミタもそれを訊いた。コロンボの情婦は秘匿《ひとく》したまま死のうとしている。

いかなる薬も死の転帰をすこしでもとどまらせることはできない。

「患者に接した者は？」

「飛沫《ひまつ》感染の可能性ですか」

不安そうにデミタはヤング教授をみた。

「用心に越したことはありません」

投薬では一時《いっとき》の病状をも停滞させられない正体不明の細菌だとなると、油断はできない。嚏《くさめ》は秒速四十メートルで唾液《だえき》の飛沫を広範囲に射出する。飛沫感染は会話で確実に伝播《でんぱ》する。


癌病船・北斗号はイタリアに向かっていた。

一月末にイギリスに寄港する。リバプールでの癌撲滅《ぼくめつ》会議に医師団が出席するためであった。十二月いっぱいで地中海クルーズは切り上げる予定であったが癌病船の寄港を熱望する国々が多すぎて大幅に遅れたのだった。

白鳥鉄善《しらとりてつぜん》はBデッキの船長公室で執務に就《つ》いていた。

総屯《トン》数七万二千屯。

全長三百四十メートル。

全幅四十五メートル。

最大速度三十八ノット。

病室八百室。医師三百人に看護婦八百人。診療科目十八科。乗員《クルー》三百五十人の巨船であった。所属はリチャード・スコット記念財団。

癌病船は最上階のAデッキから最下層のMデッキまで十三層に分かれていた。

船長居室および船長公室はBデッキにある。

同じBデッキに病院長居室および公室がある。

船長公室に病院長のゲリー・ハリソンが訪ねて来た。

「リボルノ港入港の予定は？」

ハリソンは葉巻を手にした。

癌病船が横浜港を出港して初航海に就《つ》いた頃はハリソンはキャプテン・白鳥と対立した。

リチャード・スコット記念財団本部はニューヨーク・ロングアイランド島オイスターベイにある。癌病船の運営には本部に詰めている六名の最高委員が当たる。ハリソンはその最高委員に直訴して白鳥を解雇しようとした。あるいは、自分が下船するかだ。ペンシルバニア大医学部教授、スローン・ケタリング癌センター、フィラデルフィア小児病院などを経てベセスタ市にある国立癌研究所所長の地位にあったハリソンであった。小児癌では世界一の権威であった。

リチャード・スコットはその全財産を世界保健機関《WHO》に寄付した。WHO監督下にリチャード・スコット記念財団を設けて癌病船を建造する。その癌病船船長には友人の白鳥鉄善を起用する。船名も白鳥につけさせることを遺書にして、スコットは癌で仆《たお》れた。妻も癌で逝《い》っていた。

そうであったにしても白鳥は独善的であった。

癌病船には世界の頭脳を集めている。医療機器も最新鋭だし病理研究施設も最新鋭であった。ハリソンは病院長として絶大の権威を持っていた。しかし、白鳥は船長であった。船長は北斗号航行および船内秩序に対して全責任を持っていた。衝突は時間の問題であった。

対立はしかし、解けた。ハリソンのほうで折れたのだった。白鳥鉄善の毅然《きぜん》ぶりには目を瞠《みは》るものがあった。白鳥は六十近い年齢だ。ハリソンより三つばかり上であった。癌病船はテロリストに乗っ取られた。その際の白鳥の冷静でいて果敢な反撃には、ハリソンはことばがなかった。

白鳥がいなければ癌病船は一日たりとも航行できないことにハリソンは気づいたのだった。

「リボルノ港には、明朝に入る」

「厄介なことになった……」

ハリソンは葉巻に火を点《つ》けた。

「厄介なこと？」

白鳥はブランデーを持ち出した。

ハリソンは勤務は終わっている。癌病船は夜の地中海を滑《すべ》っていた。

「蒼い旅団のコロンボの件は、知っているだろう」

「知っている」

「そのコロンボの情婦が得体《えたい》の知れないウィルスに感染して、死にかけているのだ」

「…………」

「ミラノ・コムーネ病院に収容されている。わたしの友人のヤング教授がちょうど疫

学会議でミラノに来ていた。ヤングは疫学の第一人者だ。乞《こ》われてその患者を診た

「……」

「それで」

「発病して十日ほどでその患者は死に瀕《ひん》している。いかなる薬も死の転帰に待ったをかけることができない。ヤングは唾液感染、つまり呼気感染の危惧《きぐ》が強いと判断した。発病して十日ほどで死の転帰を辿《たど》るウィルスが呼気感染するとなれば、人類は滅亡しかねない」

「………」

白鳥は無言でハリソンをみつめた。

「至急、病原体を培養しなければならない。だが、ミラノ・コムーネ病院には得体の知れないそのウィルスに対処する施設も、科学者もいない……」

「当船には、それがあるか」

「施設、研究者ともに超一流を揃《そろ》えている」

「患者と接触した人間は？」

「病院関係者だけで、八人だそうだ」

ハリソンは肩をすくめた。

コロンボは逃亡に成功した様子であった。今日が一月十八日。コロンボは非常手配にかかっていない。情婦は意識が混濁しかけている。どこに潜伏していたのかわからないが、わかればそこにも何人もの接触者がいるはずであった。

ヤング教授はハリソンに協力を求めて来た。患者も接触者も防毒マスクを着用させて送り込む。癌病船なら病原体を同定できる。呼気感染しないとわかれば問題はない。万一の場合でも癌病船なら感染を防げる。それに秘密が守れる。かならず死の転帰を辿《たど》る呼気感染のウィルスが上陸したとなっては、一大パニックが起きる。

「たしかに、厄介だな、そいつは……」

白鳥は、つぶやいた。

2

イタリア警察はジョルジュ・コロンボをまたしても取り逃がした。

ジャーナリストのボブ・ポールは首をかしげた。コロンボが警官を撃った約五分後に救急車が駆けつけている。瀕死《ひんし》の警官は犯人がコロンボだと告げている。第三軍団司令部はミラノ市を中心にただちに非常線を張っている。いくら遅くとも警官が撃たれてから二十分後あたりには検問態勢は整ったはずであった。なのにコロンボは網にはかからなかった。

コロンボが網にかからないのもおかしいがもっと訝《おか》しなことがあった。ミラノ・コムーネ病院に収容されたコロンボの情婦のクローチェ・スパドリヒだった。クローチェは重症だと病院側は発表していた。そのために警察は訊問《じんもん》できなかったとあった。クローチェが喋《しゃべ》ればコロンボがミラノ市のどこに潜《ひそ》んでいたのかがわかる。匿《かくま》っていた支援者もわかる。コロンボがどこに逃走したのかもわかるかもしれない。

コロンボが逃走に成功したらしいとなって報道陣はミラノ・コムーネ病院に目を向けた。警察が強引にクローチェの訊問にかかるはずだとみたのだ。

ミラノ・コムーネ病院にはクローチェはいなかった。

警察はクローチェに逃げられたと苦しい発表をした。病院側もそれを認めた。一月二十日の発表であった。逃げたのは昨夜だという。そんなバカなことはない。コロンボ逮捕の唯一《ゆいいつ》のてがかりとなり得るクローチェだ。病室の前には警官を立てていなければならない。それに、訊問もできないほどの重病人が逃げ出せるわけはない。

ポールはイタリア人の私立探偵を雇っていた。

コシガという三十代なかばの男で刑事あがりだった。コシガは通訳も兼ねていた。

ポールとコシガはミラノ・コムーネ病院のきき込みにかかった。最初は正面から当ったが病院側の守りは固かった。クローチェの入院したのは知っているが逃げたようねとか、退院したんじゃないのとか、そのていどのことしか関係者は喋らなかった。

そのうちに妙なことがわかった。クローチェの担当医と看護婦二人が病院から消えていた。

ポールは意を決して病院長に面会を申し込んだ。

病院長は外国旅行に出たといわれた。

ポールは事務長に面会した。

事務長は、クローチェの担当医と二人の看護婦は辞めたといった。前から辞めることになっていたのだという。

――何かがある。

ポールとコシガは話し合った。

コシガは能力のある調査員であった。イタリア語の解せないポールはコシガにミラノ・コムーネ病院の調査を一任した。ポールは〝蒼い旅団〟の首魁《しゅかい》であるジョルジュ・コロンボとの会見のためにイタリアに来ていた。会見に成功すればポールのインタビュー記事は全世界に紹介されるはずであった。ミラノ市工業会館襲撃直後だけにポールの記事の価値は測り知れないものとなる。〝蒼い旅団〟はテロリスト集団としてしか知られていなかった。背後に共産主義国家がついているとはされていたがはっきりとはしていない。イタリア当局は一応、極左テロ集団とは呼んでいるがその正体は不明であった。要人の誘拐・暗殺を業としていた。それもイタリア国内だけではなくて北大西洋条約機構《NATO》の高級軍人を暗殺したりして欧州全域にテロの門戸を拡《ひろ》げていた。

コロンボとの会見はその意味で重要性を帯びていた。何がなんでも成功させる覚悟でポールはイタリア入りしていた。だが、工業会館襲撃で肝腎《かんじん》の仲介者まで姿を晦《くら》ませてしまっていた。

ポールは〝匙《さじ》を投げない男〟として知られていた。

コシガはミラノ・コムーネ病院に喰《くら》いついた。

コシガはある入院患者から奇怪なことを教えられた。一月十九日の深夜だった。一機のヘリコプターが病院に隣接する市民公園に舞い下りた。ほぼ同時に病院から急患を運ぶ車が出てヘリコに横づけしたのをその患者は目撃したのだった。

警察の不自然な発表、病院側のこれも不自然としかいいようのない応対から勘案して、コシガはクローチェおよび医師、看護婦らがそのヘリコでどこかに運ばれたものと想定した。

コシガは病院を辞めた医師と看護婦の自宅を訪ねた。医師も看護婦も旅行中とのことであった。それでコシガは確信を得た。

クローチェは隔離病棟に収容されていた。そのことに関して事務長は明言していた。一般病棟が満室に近い状態であったしコロンボの情婦だから監視のしやすい病棟を選んだと。

クローチェは逃げたのではなく警察と病院によってどこかへ拉致《らち》されたのだった。

コロンボが非常線にかからなかった理由もそれで説明できる。コロンボは警察の手に落ちていた。そして、コロンボもクローチェともどもどこかに送られたのだ。

――いったい、いかなる理由でどこに送られたのか。

ポールとコシガはそのことを話し合った。

クローチェは重症で警察が訊問もできない状態だったという。それが事実だとしたら、クローチェは伝染性の病気に罹《かか》っていたのだ。それも危険な伝染病にちがいない。隔離病棟への収容もそれでうなずける。

コシガはヘリコの行方を追うことにした。

ポールはジョセフ・ヤング教授を訪ねた。

ヤング教授とは知己《ちき》の間であった。ちょうどミラノ市で国際疫学会議が開かれていた。ヤング教授はそれに出席している。危険な伝染病について教えを乞うつもりだった。

ヤング教授は十九日の朝、プラザホテルを引き払っていた。滞在予定は二十五日までであった。疫学会議は続いている。ポールは会議事務所に問い合わせた。ヤング教授は急用で十九日の会議から欠席すると連絡していた。

——いったい、何事が起こりつつあるのか。

コロンボ、クローチェ、医師に看護婦二人、それにデミタ院長。そして、疫学では世界の権威であるヤング教授まで消えた。

一月二十三日。

ポールはコシガと落ち合った。

コシガは市民公園から飛び立ったヘリコがフィレンツェの方角に向かって南下したことを摑《つか》んでいた。ただし、どこに所属するヘリコかはわからなかった。

「南下か――」

ポールの眸《め》に光が宿った。

フィレンツェ市に近いリボルノ港に癌病船が入港しているのをポールは思いだした。入港が一月十九日の午前八時。マスコミが派手に報道していた。

癌病船は癌だけではなく世界の難病に向けて宣戦を布告するために進水した巨船であった。難病患者八百人を収容している。四百人は全世界からの抽籤《ちゅうせん》で無料である。四百名は一人一億円で特別病棟に入っている有資格患者だ。どちらも死ぬまで癌病船で世界の海を航海できる。医師が三百人に看護婦が八百人。マン・ツー・マンで難病に対決する態勢を布《し》いていた。

たかだか八百名の難病患者のために癌病船は航海に就いているのではない。その主力は難病の研究機関にある。超一流の研究者を集めこれも超一流の設備を誇っていた。各国に寄港してその国の医師団と交流する。集中講義を行なう。その国の難病患者の診察もする。要するに難病に向けて波を切る戦闘船であった。人類がはじめて灯《とも》した希望の灯であった。

日本の横浜港メリケン埠頭《ふとう》を出港する際にはポールも取材していた。出力二十五万キロワットの加圧軽水冷却型原子炉を搭載している。それで動かすタービン出力は十万馬力が二基である。乗員《クルー》だけで三百五十人。事務の部門も加えると総勢で三千百人を超す。因《ちな》みに横浜港で積んだ食糧は鶏卵《けいらん》十二万個、ニンジン千五百キロ、トマト二千キロ、牛肉一万五千キロといった具合であった。一カ月でそれらは消費される。想像に絶する巨船といえた。それだけに世界の叡智《えいち》を総結集していた。

癌病船は人類が灯したはじめての灯であった。

癌病船の寄港はその国の国民の切望であった。どこの国でも癌病船を待ち受けていた。

癌病船かと、ポールはつぶやいた。

3

癌病船・北斗号はリボルノ港には入らなかった。

リボルノ港沖合に碇泊《ていはく》していた。

一月二十九日であった。

白鳥鉄善は船長公室に三人の大工《カーペンター》を呼んでいた。関根、倉田、鳥居の三人であった。名目はカーペンターだが実際は戦闘要員であった。癌病船がテロリストに乗っ取られたときには白鳥は三人のカーペンターを率いて戦った。奪回できたのは一騎当千の三人がいたからであった。

癌病船はクローチェ・スパドリヒを収容していた。ミラノ・コムーネ病院長ジョゼッペ・デミタおよびジョセフ・ヤング教授が乗船していた。デミタ院長とヤング教授もクローチェのウィルスに感染している懸念があった。ほかにクローチェと会話を交わした関係者八人が収容されていた。

癌病船病理研究スタッフはクローチェ・ウィルスの培養に突入していた。さまざまな実験動物にクローチェの血液・臓器などを注入してウィルスを感染増殖させる作業であった。

クローチェは二日前に死亡していた。

意識混濁状態からショック状態となっての死亡であった。

病理解剖所見が出ていた。

心筋巣状《そうじょう》壊《え》死《し》、変性および出血。

両側肺鬱血《うっけつ》水腫《すいしゅ》、出血および肺炎。

脳下垂体前葉壊死。

尿細管上皮変性および間質水腫。

肝巣状壊死。

筋炎——横隔膜・四肢骨格筋・腹直筋。

膵炎《すいえん》。

唾液腺炎。

両側副腎皮質萎縮《いしゅく》。

全身水腫。

解剖所見をみても白鳥にはわからない。

癌病船は病棟改造工事に突入していた。

Jデッキに設けられている隔離病棟の拡大工事であった。〝クローチェ・ウィルス〟とかりに呼んでいた。クローチェ・ウィルスが会話で感染する唾液感染だと決定すれば非常事態となる。イタリア警察はジョルジュ・コロンボとクローチェの潜伏していたアジト捜しに懸命になっていた。そこにもクローチェ・ウィルスに感染している者が何人か何十人かはいるはずであった。

さらに厄介な問題があった。

クローチェ・ウィルスがクロなら逃亡しているコロンボは確実に感染している。逃亡の先々でコロンボはまちがいなくそれも短時日で死の転帰を辿《たど》る病原体をばらまいていることになる。感染したひとびとがまたたちまち何十人かを汚染する。クローチェ・ウィルスがクロなら人類の滅亡は避けがたいことになる。

癌病船はその戦いに突入していた。

ただし、癌病船の力を以《もっ》てしても敗れるかもしれなかった。

クローチェ・ウィルスがクロであってしかもそのウィルスの分離同定が一筋縄では

いかないという事態もないわけではない。その事態を想定すると、コロ・シボの逮捕には人類の命運がかかっていることになる。

クローチェ・ウィルスに感染した者は可能なかぎり癌病船に収容する。そのための改造工事であった。

癌病船を迎えるに当たってイタリア側が用意していたレセプション、集中講義、診療その他はすべて中止となった。

癌病船への訪問は禁止した。癌病船の関係者の上陸も禁止である。そのための沖合碇泊であった。

クローチェ・ウィルスがクロなら癌病船の本来の患者は一時的に陸の病院に移さねばならない。

クローチェ・ウィルスと癌病船は喰うか喰われるかの対決となるからだ。

その相談を白鳥は三人のカーペンターとしていた。

「特別病棟の患者が、騒ぎますよ」

「問題は、それだ」

関根に白鳥はうなずいた。

　特別病棟の患者は日本円にして一億円を支払って乗船している。死に場所を七つの海をめぐる癌病船と決めている。陸に移すといってもすなおに応じるとは思えなかった。それだけではない。唾液感染する保菌者《ウィルス・キャリアー》を収容したと知ったら、ただでは済まないことになる。

　世界的に名の知れたジャーナリストのボブ・ポールが病院長のゲリー・ハリソンに会見を申し込んでいる。ハリソンが断わったら船長の白鳥に申し込んで来た。もちろん、白鳥も断わった。ポールは〝クローチェ・スパドリヒの件で〟といった。ポールは嗅《か》ぎつけたようだった。

　白鳥は難題を抱え込んでいた。

「イタリア警察は、何をしているのか」

　プブリカ・シクレッツァの八万人の警官のほかにイタリアには内務省直轄の国境警察、港湾警察、道路警察、鉄道警察がある。財務大臣の指揮する四万人の財務警察さらに国防省警察隊《カラビニエリ》がある。市長の率いる自治体警察《ビジリ・ウルバニ》もある。人口に対する警官の密度は日本の二倍である。

　なのにミラノ市の中心で大捕物を展開して、コロンボに逃げられている。だらしがなさすぎると倉田は思った。

「それで、思いだした」

何かが気にかかっていたのだが何なのかを白鳥は思い出せないでいた。

「セーラ・スミソニアンだ」

セーラは癌病船の生みの親である故リチャード・スコットの姪《めい》であった。

セーラはイギリスの貴族で大富豪であるマイケル・スミソニアンと結婚した。ハネムーンにフランス、スイス、イタリアと回る。どこかでお目にかかれればと、白鳥に電話をかけて来た。セーラは癌病船をみていない。みたがっていた。白鳥は日程を打ち合わせた。癌病船は一月十九日にイタリアのリボルノ港に入港する。セーラはその前後はミラノ市に滞在することになっていた。

十九日の正午にセーラは癌病船を訪れると約束した。

そのセーラはしかし、来なかった。癌病船は沖合に碇泊していた。沖合でも電話をくれればセーラなら迎えに出たのだ。おかしいと白鳥は思った。約束を破る女ではなかった。来られなくなったのなら連絡を寄越《よこ》さねばならない。その電話もなかった。

クローチェ・ウィルスで白鳥はセーラの件を忘れていたのだった。

白鳥はイギリスのスミソニアン家に電話をかけた。執事が出た。マイケル・セーラ夫妻はスイスの別荘に滞在しているとの返事だった。

「夫に夢中で、忘れられたか」

白鳥は苦笑した。

そのほうがありがたい。クローチェ・ウィルスとの死闘に突入する癌病船に来客を迎える余裕はない。

それでも一応、白鳥はスイスの別荘に電話をかけてみた。

セーラは故リチャード・スコットの唯一の縁者だった。スコットは白鳥とは血を分けたにひとしい友であった。挨拶だけでもしておく気になった。

電話にはマイケル・スミソニアンが出た。

マイケルはセーラに代わった。

「癌病船の白鳥です。お元気ですか」

――あら、キャプテン。元気よ。しばらくね。

「どうしているかと思いましてね」

――そのうちにお訪ねするわね。

「お待ちしています」

白鳥は電話を切った。

「どうかしましたか？」

関根が訊《き》いた。

白鳥は空間の一点をみつめたまま、黙っている。

「様子が、訝《おか》しい」

白鳥はつぶやきを落とした。

セーラは約束を破ったことには言及しなかった。わざわざ先方から電話をかけて来ての約束であった。忘れるということはあり得ない。

「上陸の支度だ、諸君」

白鳥は立った。

スミソニアン家の別荘はマッターホルンとミシャベル山群を望む山麓《さんろく》の村、ザース・フェーにある。

白鳥、関根、倉田、鳥居の四人は車でスイス国境に向かった。

——セーラは白鳥に救いを求めた。

白鳥はそう理解していた。

子供のときのセーラしか白鳥は知らない。しかし、今日のセーラの応対は子供以下であった。まるで礼儀を弁《わきま》えていない。そんな女が、イギリスでも五指に数えられる名家、スミソニアン家の妻になれるわけがない。礼儀を破ることでセーラは異変を報《しら》せたにちがいなかった。

セーラは一月十日からイタリアに入っている。ローマ、フィレンツェ、ベニスと回ってミラノに数日、滞在することになっていた。ミラノ滞在の目的の一つは癌病船と落ち合うことにあった。

数日と、セーラは電話でいった。癌病船は一月十九日の朝、リボルノに入港する予定であった。セーラは一月十五日にはミラノに入っていた可能性がある。

コロンボが警官を撃ったのが一月十五日。

コロンボは現場から走って逃げている。クローチェは車に置き去りにしてだ。警察は間もなく全市に非常線を張っている。逮捕は時間の問題だと思われていた。だが、コロンボは逃げおおせた。

——コロンボはスミソニアン夫妻の車を停《と》めた。

白鳥はそう仮定してみた。

たとえばコロンボとセーラがトランクに入ってマイケルに車を運転させる。イギリスの名家、スミソニアン家は欧州ではよく知られている。マイケル・スミソニアンとわかれば警官はマイケルの車は調べまい。ただ、仮定はあくまでも仮定であった。別の事情かも知れない。そうであって欲しかった。コロンボなら、セーラもマイケルもクローチェ・ウィルスをもろに浴びている。

確実な死を運ぶウィルスであるかもしれない、クローチェ・ウィルスをだ。

伯父《おじ》の遺志で建造された癌病船に収容されることになるのは、皮肉というしかなかった。故リチャード・スコットは癌で仆《たお》れた。妻も娘も癌で失った。癌撲滅へのスコットの執念が癌病船建造となって難病への戦いに向かって堂々の航海をつづけている。そのスコットのただ一人の身内であるセーラを癌病船に収容することになっては、スコットの魂は浮かばれない。

運転は関根がしていた。

コロンボかもしれないと関根は思っていた。

癌病船のイタリア入港を待ち受けていたようにクローチェ・ウィルスが発生した。因果関係はスコットの姪《めい》を巻き込んだという気がする。

全員が防毒マスクを持参していた。

防毒マスクを被《かぶ》っての突入であった。セーラは気のどくなことになるがコロンボが夫妻を押えているのなら、クローチェ・ウィルスの恐怖はスイスの山荘で終わる。

国道33号線はミラノから国境を越えてスイスのブリークまで通じている。シンプロン峠が国境になっている。国道終点のブリークは標高四千メートル級の山々が重畳《ちょうじょう》するベルナー・オーバーラント山群の山麓に位置する。近くにはアレッチ氷河、フィッシャ氷河などがある。

山荘のあるザース・フェーはブリークからは近い。

ブリークに着いたのは夜明けであった。

そのままザース・フェーに向かった。

山路《やまみち》の突き当たりに山荘はあった。

関根は車を無造作に山荘に横づけにした。

全員が防毒マスクを被った。放射能をさえ寄せつけない防毒マスクであった。コロンボがいるのなら武器を持っている。コロンボでなくても夫妻を押えている者は武装している。関根、倉田、鳥居の三人は武器は所持していない。小石を手にしているだけであった。

ドアには鍵がかかっていた。

鳥居が蹴破った。

白鳥は最後に家に入った。めったにあることではないが三人のカーペンターの行動には気分が晴れる。どう攻撃するかなどは相談しない。だれかが山荘を支配している。中に入ってその人物を取り押えるまでだと思っている。ことに臨んで応変に動く自信がなければ、この無造作ぶりはない。

二階建ての山荘であった。

山荘は無人であった。

捜せと白鳥は命じた。昨日の朝まではセーラはこの山荘にいた。セーラとマイケルは連れ出された。セーラは白鳥が救助に来るものと思っている。おそらくそうだ。だとしたらなんらかのメッセージを遺《のこ》していなければならない。

三人のカーペンターが捜索にかかった。

急いで出立《しゅったつ》したことが明らかであった。グラスや食器類は片づけられないままになっていた。

倉田が洗面所でセーラのメッセージを発見した。

ファベルゲス　コロンボ

洗面台の横に口紅で走り書きしてあった。

倉田は地図を拡げた。

窓からは右手にマッターホルンがみえ左にミシャベル山群が望見できた。

「いいところだ」

「静かだ。地球から物音が消えた気がする」

関根と鳥居が感想を述べた。

「あった」

倉田が地図を指した。

そこかどうかはわからないがファベルゲスという地名はフランスにあった。倉田は現在位置を中心に輪を拡げていてそれを発見した。ブリークから国道9号線がシオンを経てマルティニに通じている。その先は国境でフランスになる。シャモニーに入りそこから国道212号線がファベルゲスに通じていた。

ほかにはファベルゲスという地名は見当らない。

「距離は？」

白鳥が訊いた。

「およそ、百八十キロ」

「わかった。朝飯にしろ」

白鳥は立った。

白鳥は癌病船に電話をかけた。

ハリソン院長を呼び出した。

沈黙がちの電話を終えて白鳥は三人のもとに戻った。

「ミラノ・コムーネ病院から収容した、クローチェと接触した者のうちから、発病者が出た。ハリソンはヤング教授と検討して、死のウィルスだと決定した」

「そんなに早く、発病を――」

関根が貌《かお》を上げた。

医学には無縁の関根だが、容易に同定できないウィルスはスローウィルスであろうとされていることは知っていた。潜伏期間が一年、二年と長い。

「非常事態だ。ハリソンはWHOに連絡を取るといっている。コロンボはこの山荘を出た。死を運ぶウィルスは拡散されてしまった。欧州にすさまじいパニックが起こる」

白鳥の口調は重い。

クローチェの接触者が発病した。ヤング教授は唾液感染だと決定した。いわゆる呼気感染である。

発病者は後天性免疫不全症候群《エイズ》に罹《かか》っていた。病状が進んでかなり衰弱していた。免疫の抗体はまるで無い。だから異様な早さでウィルスが分裂、増殖したものであろうとヤング教授は判断していた。

ウィルスや細菌が分裂、増殖するときの一回目の分裂からつぎの分裂までの間をゼネレーション・タイムと呼ぶ。大腸菌では十五分から二十分ほどだ。結核菌は長くて十時間から二十時間である。

極端に長いゼネレーション・タイムを持ったウィルスがある。そうしたウィルスをスローウィルスという。ゼネレーション・タイムが極端に長いとウィルスは培養できない。したがってウィルスが同定できないから手のつけられないことになる。

たとえば人のレプラ菌だ。レプラ菌は人工培地では培養できない。わずかにアルマジロの組織で培養されている。しかし、ひどく遅い。

クローチェ・ウィルスをヤング教授はスローウィルスだとみていた。

確実に死の転帰を辿《たど》るクローチェ・ウィルスがスローウィルスなら手の施《ほどこ》しようがないことになる。

しかも呼気感染と決定した。悪魔の病原体が生まれたのだった。スローウィルスといえども一次感染は一年の潜伏期間があっても二次感染はその半分になり三次感染はさらにその半分になる。コロンボが感染しているのは二次感染であろう。

「どういうことになりますか？」

倉田が訊いた。

「イタリア警察はクローチェの身許割出しに必死になっている。クローチェはどうやら偽名らしい。身許が割れたら、感染源を突きとめることができる」

クローチェ・ウィルスがスローウィルスなら癌病船にも対処のすべがない。クローチェの過去に遡《さかのぼ》るしかなかった。

4

マイケル・スミソニアンには風景は目に入らなかった。

マイケルは車をフランス国境に向けて走らせていた。トランクには妻のセーラと〝蒼い旅団〟の首魁《しゅかい》、ジョルジュ・コロンボが入っている。マイケルは絶望状態にあった。検問でトランクを開けられたらコロンボはセーラを殺すと宣告していた。検問ではマイケルはイギリスのスミソニアン家を前面に出した。乗っている車はロールスロイスだった。免許証をみせるだけで調べられることはなかった。調べられたらセーラは確実に殺される。

コロンボは冷酷無残な男であった。

ミラノでマイケルは車を停めさせられた。拳銃を突きつけられてはどうにもならなかった。〝蒼い旅団〟のコロンボだと名乗られてマイケルは血の気を失った。警官を射殺したばかりだという。足がふるえて運転がままならなかった。

コロンボはセーラとトランクに入った。

もうだめだと、マイケルはつぶやいた。

セーラの凌辱《りょうじょく》は避けられなかった。

コロンボの悪逆非道ぶりを知らぬ者は欧州にはいない。逆らえば殺される。コロンボはマイケル・スミソニアンだと知った。かりに逃走に成功してもマイケルとセーラは放しはしない。身代金を奪いにかかることは目にみえていた。

マイケルにはどうしてよいのかがわからない。警官に告げたら自分は救《たす》かるがセーラは死ぬことになる。身代金が奪えなければマイケルとセーラは容赦なく殺されるかもしれない。そんなことになるくらいならとなんども思ったが、結局、セーラを見殺しにはできなかった。

山荘に入った。

セーラはコロンボの奴隷にされた。トランクの中でセーラは弄《もてあそ》ばれた。山荘に着いてトランクを開けたらセーラはパンティを脱がされていた。やられているだろうとはマイケルは覚悟していた。その光景ばかりを思いながら車を走らせた。

山荘に入ってマイケルは縛られた。

コロンボは待ちかねていたようにセーラを裸にした。セーラはいっさい逆らわなかった。トランクの中で嬲《なぶ》られつづけて諦《あきら》めたようだった。コロンボはマイケルの目の前でセーラを犯しはじめた。

舌を吸い乳を舐《な》め性器や尻を舐めた。思う存分になぶった。セーラは堪えていた。セーラがどう思っているのかはマイケルにはわからない。白い足が責めに揺れ動いた。気持ちよさそうにみえた。気持ちの悪いわけはなかった。舌と指が執拗《しつよう》に性器を嬲っているのだ。セーラは太ももを拡げていた。コロンボは女の扱いに長《た》けていた。マイケルが二十八歳でセーラは二十五歳。マイケルはそれほど女には馴《な》れていなかった。マイケルががむしゃらな性愛であった。コロンボはちがう。すぐには跨《また》がろうとしない。前戯にたっぷり時間をかけている。セーラに声をたてさせようとしていた。妻が征服されるそのあえぎ声と姿態をマイケルに存分にみせつけようとかかっていた。

セーラはそうなるはずであった。

いつまでも堪えられるわけはなかった。そんなふうには女の体はできていない。太ももやコロンボの指を呑《の》んだ性器をみているとそう思えた。

やがて、セーラはコロンボの前に跪《ひざまず》かせられた。

コロンボは突っ立って男根を与えた。

セーラは無言でそれを握った。セーラは擦《こす》りはじめた。マイケルは眸《め》を閉じた。コロンボのはマイケルのよりは黒くて逞《たくま》しかった。それをセーラが口にしたのをマイケルはみた。長い口腔性交がつづいた。


国境が近づいていた。

マイケルはおのれの軟弱さに泣いていた。

マイケルはコロンボの奴隷に堕《お》とされていた。眠るときは手足を縛られる。傍でコロンボはセーラを抱いて寝る。セーラは最初の晩に声を放った。ベッドに上体を投げた恰好《かっこう》で尻から責められた。セーラは征服されたのだった。あとはもうコロンボのいうがままであった。

コロンボはかならずマイケルにみせつけた。

コロンボはほとぼりを冷ますために山荘に腰を落ちつけた。あちらこちらにいる仲間に連絡をとった。マイケルは小間使いに堕ちた。料理をこしらえ後かたづけをした。コロンボとセーラが寝るベッドもしつらえた。掃除も洗濯もした。

最初は拒《こば》んだ。

マイケルは叩かれた。殺すといわれた。セーラが詫《わ》びてくれた。マイケルはコロンボに命じられて跪いた。そしてまた、叩かれた。その瞬間から奴隷に堕ちた。這《は》えといえば這う。何を命じられても唯々諾々《いいだくだく》であった。

ある日、マイケルはセーラの性器に奉仕しろと命じられた。マイケルは仕えた。コロンボは嗤《わら》いながらみていた。

セーラとさせてやろうかと、訊かれた。

いえと、マイケルは答えた。そんな気はなかった。かりにその気があっても男根が立たない。萎縮《いしゅく》してしまっていた。最初の晩に尻から責められてあえいだセーラのあえぎ声をきいたときから、そうなった。機能は取り戻せそうにないまでに萎縮してしまっていた。

コロンボのはマイケルのより黒くて逞しかった。セーラがそれを握ったときに比較したような気がした。もうだめだと、マイケルは思った。セーラが口にした男根には堂々とした存在感があった。マイケルには存在感がなかった。女は存在感のある男に従うのだと思い知った。

それでいて、マイケルは逃げなかった。その気になればいのちがけで逃げて逃げられないわけではなかった。しかし、逃げることも救《たす》けを求めることもしなかった。ただただ、コロンボが怕《こわ》かった。コロンボに仕えセーラに仕えた。

コロンボは人の心を喰う金色の眸《め》を持った鷲《わし》であった。

セーラが喰われマイケルが喰われた。

セーラが何を思っているのかマイケルにはわからない。セーラはものをいわなくなった。マイケルも口はきかなかった。セーラは黙々とコロンボに仕えた。

車は国境を越えた。

マイケルは救けは求めなかった。

シャモニーを通過した。

マイケルはラジオを入れていた。そうするようにコロンボに命じられていた。コロンボはファベルゲスに向かっている。仲間と連絡がついて隠れ家が用意されたようだった。ファベルゲスで釈放されるのか身代金を取るのかコロンボは何もいわない。たぶん、人質にとられるだろうとマイケルは思っていた。

ラジオに臨時ニュースが入った。

――イタリアのミラノ市で起きた警官銃撃の犯人である〝蒼い旅団〟の首魁、ジョルジュ・コロンボの潜伏先がわかりました。イタリア警察の発表では、コロンボはイギリス人でミラノ市にハネムーンに来ていたマイケル・スミソニアンとその妻セーラの二人を人質に取って逃走していたことがわかりました。コロンボは昨日までスイスにあるスミソニアン家の山荘に潜伏していた模様です。現在もスミソニアン夫妻を人質にとって逃走中の疑いが濃厚だとのことです。なお、コロンボはフランスに入った可能性があり警察は検問をはじめた模様です。

その放送をコロンボはトランクの中で聴いた。

「おい、どこを走っている」

コロンボはマイケルに訊いた。

「セイントゲルベスの近くに来ています」

「すぐ近くに右に折れる山路《やまみち》がある。そこに入れ。いっておくが裏切ったら殺すぜ」

「わかりました」

「急げ」

命じて、コロンボはセーラの乳を握った。

セーラはじっとしていた。コロンボに抱えられていた。コロンボは乳をなぶりはじめたばかりだった。

——白鳥鉄善が来た。

来るはずだとセーラは思っていた。

しかし、もう、どうにもならない。狂犬に咬《か》まれてしまった。毒素が体を染めている。ミラノでセーラはコロンボとトランクに入った。マイケルがどうにかしてくれるものと思っていた。山荘にまでコロンボを案内するなどとは思わなかった。車を停めて警官に引き渡せば済むことであった。だが、マイケルは狂犬を山荘に入れてしまった。

トランクの中でセーラは弄ばれた。コロンボは膣に手を入れて来た。セーラは堪えた。本格的にはトランクは狭すぎる。マイケルが警察に引き渡すまでの我慢であった。

コロンボはなぶりつづけた。

そして、山荘に入った。着いたところが山荘だとわかって、セーラは絶望した。コロンボに貪《むさぼ》り喰われることになる。すぐにそのとおりになった。逆らったところで意味はない。コロンボの狂暴さは知れ渡っている。夫が屈したのだ。夫がセーラをコロンボに差し出したのだった。

コロンボに男根を与えられたときにセーラはマイケルには別れを告げていた。ハネムーンまでの仲であった。もはや夫でも妻でもなかった。その決意をして男根を握ったのだった。

車は山路に入ったようだった。揺れが強くなった。コロンボの手が股間に入っている。セーラは放心状態にあった。救出されることへの希《のぞ》みさえなかった。人生は終わったのだと思っていた。セーラはコロンボに手を取られた。セーラはコロンボの男根を握った。ゆっくり、擦りはじめた。

5

朝から降りはじめた雪が夕刻になって吹雪に変わった。

シャルル・クレッソンはスキーを履《は》いて家を出た。

孫のピエールが仲間と雪山のラリーに出ていた。吹雪になると帰りが難渋《なんじゅう》する。山奥にペンションが一軒だけある。何かがあればそこに入ることになっていた。クレッソンはそのペンションに向かった。

クレッソンは若いときはスキー選手だった。

六十になったいまもスキーには自信があった。山岳のパトロールがクレッソンの仕事であった。スキーを履いてのパトロールだ。雪崩《なだれ》の起きそうなところを捜して人工雪崩を起こすのが仕事だった。

夜になってクレッソンはペンションに着いた。

スキーを脱ごうと屈《かが》んだところをクレッソンは何者かに銃撃された。左の肩を叩かれた感じがしてよろめいた。撃たれたのだとはとっさには思わなかった。二発目の銃声が湧《わ》いた。その弾は的《あた》らなかった。クレッソンは這《は》い起きた。クレッソンは夢中になって逃げ出した。

一月三十日。

午前九時。

ソビエト書記長が突如、重大発表をした。

一月二十九日に地中海で行動中であったソビエト海軍の原潜がアメリカ海軍の原潜に攻撃を受けて沈没したとの発表であった。

書記長は激怒した。

世界大戦の火蓋《ひぶた》が切られたとしたら、切って落としたのはアメリカであると、宣戦布告とも受け取れる重大発表をした。

アメリカ大統領がただちに反論した。

ソビエト原潜が沈没したのはアメリカの攻撃によるものではなくて事故である。ソビエト書記長の発表は虚言である。重大な虚言だ。世界戦争を弄《もてあそ》ぶものである。

両首脳の発表をきいたひとびとは、震撼《しんかん》した。

世界中にパニックが渦巻いて疾《はし》った。

ソビエト書記長の発表の約一時間前にソビエト海軍地中海分遣《ぶんけん》隊は黒海沿岸のオデッサを出ていた。

潜水艦九隻、主要戦闘艦八隻、両用艦二隻、対機雷戦艦艇一隻、補助艦艇十七隻、情報収集艦二隻の陣容であった。

ほぼ同時にソビエト陸軍南方軍集団の四個師団が動いていた。ルーマニア、ユーゴスラビア方面からブルガリアに向かっての大移動であった。

対するアメリカ側は海兵隊両用戦任務艦隊五隻がナポリを出てギリシア沖に向かった。

イギリスのフェアホールド、ミルジンホール、ヘイフォードの三空軍基地にF111戦闘爆撃機、F18支援戦闘機、F16戦闘機などが続々と集結をはじめていた。

NATO軍、ワルシャワ条約軍ともに臨戦態勢に突入した。

その開戦前夜の最中《さなか》にまたも地球を揺り動かすような発表がつづいた。

EC本部発表であった。

リビアのテロリスト集団がソビエト製核地雷をイタリアに持ち込んだとのきわめて

確度の高い情報を入手した。よってＥＣ加盟各国はただちに国境を封鎖する。国と国を繫《つな》ぐすべての交通機関も停止するとの発表であった。

マイケル・スミソニアンは世界大戦前夜のそれらの重大発表をペンションで知った。テレビが情報を流しつづけていた。テレビはまた町々の表情をつぎからつぎへと映し出していた。パニックの波はうねっていた。どこでもひとびとは物資の買い溜《だ》めに走っていた。

降って湧いたような世界大戦前夜だった。

西も東もなかった。国という国の指導者がアメリカとソビエトに自重を呼びかけていた。

マイケルには理解できない事態であった。アメリカのいっていることのほうが正しい気がする。いきなり相手国の原潜を攻撃し撃沈するわけはない。核の引き金を引くことになるからだ。ソビエトの原潜は事故で沈んだような気がする。しかし、ソビエト海軍地中海分遣隊は作戦行動に就《つ》いた。ソビエト陸軍南方軍集団もブルガリアに向かって集結中である。ＥＣ諸国は国境を閉鎖した。つづいてワルシャワ条約加盟国も西側に通じる国境を閉鎖した。

ニュースは西側、東側の軍の出動をひっきりなしに報じている。最前線の東ドイツ、西ドイツ国境は最精鋭の戦車師団が睨《にら》み合っている。原潜の撃沈されたとするギリシア沖にはアメリカ海軍第六艦隊が黒海を出たソビエト艦隊を迎え撃つべく布陣している。

イタリアに潜入したリビアの必殺テロ団は核地雷を携行《けいこう》しているという。どこかでだれかが一発のミサイルを放てば地球を破壊せずにはおさまらない最終大戦がはじまるのだった。

マイケルにはしかし、どうでもよいことだった。

地球の崩壊より一足早くマイケルは内部崩壊していた。

コロンボは検問を逃れて山路に入った。

山路のはてにペンションがあった。

コロンボはセーラとマイケルを連れてペンションに入った。ペンションには経営者夫婦に二組の男女と五人の少年がいた。夕食になった。テレビがニュースを流しはじめた。イギリスの名門中の名門、スミソニアン家のマイケル、セーラ夫妻がコロンボに人質にされている疑いが濃厚だというニュースだった。スクリーンにマイケルとセーラの写真が出た。観《み》ていた少年の一人が振り返ってマイケルとセーラをみた。

コロンボが拳銃を取り出して天井を撃った。

ペンションはコロンボに支配された。

その夜の夜半にコロンボの仲間が四人、ペンションに到着した。電話でコロンボが呼んだのだった。コロンボはヘリコプターの手配を命じていた。手配はついたようだった。セーラとマイケルはそのヘリコで連れ去られることになっていた。

四人の仲間がやって来てペンションは地獄と化した。宿泊客の二組の夫婦の妻は二人とも三十代前半であった。経営者の妻は四十過ぎであった。四人はその三人を裸に剝《む》いた。あらがった女はしたたかに殴られた。夫たちは縛られてその光景をみていた。

マイケルは縛られなかった。マイケルはコロンボに隷従しきっていた。セーラはコロンボの女になった。そのセーラとコロンボに仕えることにマイケルは快感のようなものを感じていた。セーラはすばらしい肢体の持ち主だった。そのセーラが尻から犯される。足を肩に担がれる。もだえる足がコロンボに絡《から》まる。みるからに逞しい男根がセーラをつらぬく。セーラはそれにしがみついて、口にする。観ているとわれを忘れる。どれほどかセーラは気持ちいいことかと思う。もっとしてもらえ、もっと突いてもらえと、マイケルは胸中に叫んだ。セーラの快感はいつの間にかマイケルの快感に移行していた。セーラがあえぎだすともうマイケルは夢中になった。

女三人は男四人に取っかえ引っかえされて嬲られつづけた。嗤《わら》いながらみていたコロンボが昂《たかぶ》って、セーラを股間に引き入れた。セーラも昂っていたようだった。跪《ひざまず》くなり、飢えていたように口腔性交にのめり込んだ。

マイケルの男根は相変わらず萎縮したままであった。

地球終末の大戦がはじまろうとしている。コロンボは喜んでいた。もはやだれもコロンボのことなどは眼中にないからだ。

マイケルは自分自身を投げていた。内部崩壊をしてしまった自分だった。コロンボに喰われてしまうことを覚悟していた。むしろ、コロンボに放り出されて一人になったときのことを怖れた。支配者が消える。支配者はマイケルの心を持ち去っている。セーラも連れ去っている。何をたよりに生きていいのかマイケルにはわからない。

ヘリコでの脱出は早まりそうであった。

ピエールという少年の祖父が、ペンションにやって来た。コロンボの仲間が撃ち損じて逃がしてしまった。大戦前夜とはいえ、警察はやって来るはずであった。
血に塗《まみ》れた男がスキーで下って来た。
白鳥鉄善はジープを停めさせた。
ジープにつづいていた装甲車も停まった。
ジャック・デュマ警視が男を訊問した。
デュマ警視はフランス内務省に所属する国家警察・国土監視局《DST》の情報警視であった。
血に塗れた男はシャルル・クレッソンであった。
デュマはクレッソンを装甲車に収容した。
白鳥はジープを発進させた。
「どうやら、まちがいないようだ」
白鳥はデュマから事情を訊《き》いた。
「作戦が当たったようです」
運転は関根がしていた。
コロンボはフランスのファベルゲスに向かった。白鳥はイタリア国防省情報局に連絡を取った。クローチェ・ウィルスに関する指揮権は警察から情報局に移されていた。

情報局はフランス国家警察に連絡を取った。コロンボを押えコロンボに接触した者を押えるのは世界の急務であった。国土監視局の出番となったのだった。

フランス国境でデュマ警視は白鳥一行を待ち受けていた。

デュマの捜査ではコロンボはファベルゲスには入っていなかった。ただし、マイケル・スミソニアンはロールスロイスでフランス国境に入っていた。国土監視局が流したラジオ放送をコロンボはきいたようだった。

際《きわ》どいところで放送が間に合ってコロンボは林道に逃げ込んだ。そこにはペンションが一軒あるだけだ。林道はさらに五キロほど奥に延びてそこで行き止まりになっていた。ファベルゲスの街に入ったら厄介なことになる。クローチェ・ウィルスは一気に拡散してしまう。ペンションなら小事で済む。

「ここで終わってくれれば、ありがたい」

白鳥の口調には安堵《あんど》感があった。

逮捕はまず、まちがいない。あとはミラノからこのペンションまで来る間にコロンボがだれに接触したかだ。イタリア、スイス、フランスと三つの国に跨《また》がっているが逃亡の旅だから接触者はすくないはずであった。ただ、問題はコロンボとクローチェが病院に来るまでどこで何をしていたかにある。コロンボを押えても難題が解決したとはいいがたい。

吹雪がはげしくなっていた。

吹雪に紛《まぎ》れてペンションを包囲した。

デュマ警視は三十人の部下を率いて来ていた。

部下はだれもクローチェ・ウィルスのことは知らない。各国とも極秘事項となっていた。

デュマは白鳥一行を見送った。

白鳥、関根、倉田、鳥居の四人は防毒マスクを被っている。デュマは持参していない。拳銃をデュマは四人に渡した。本来なら国土監視局員が踏み込まねばならないが、デュマは癌病船クルーに任せた。キャプテン・白鳥と三人のカーペンターは癌病船を乗っ取ったテロ集団と対決して殺し尽くした実績がある。

吹雪が、四人を包み込んだ。

白鳥一行はペンションに踏み込んだ。

少年が五人と男が三人、縛られていた。

三人の人妻らしい女が四人の男に嬲《なぶ》られていた。

真っ先に踏み込んだ関根は拍子抜けした。

女を犯していた四人は防毒マスクをつけた突入者をみて呆然《ぼうぜん》となった。何事が起こったのかわからないままに手を挙げた。

白鳥が四人を訊問した。

約三時間前にコロンボはセーラとマイケルを連れて出発していた。林道の終点に向かった。そこにヘリコが来ることになっていた。特別料金を払って夜間飛行させたのだという。行く先はイゼール県のアルバール。そこに別の仲間が待っているということしか四人は知らなかった。ヘリコはもうアルバールに到着した頃だ。四人はコロンボが出発してから四時間だったらペンションを引き揚げることになっていた。引き揚げる前の最後の愉《たの》しみをやっていたところであった。

白鳥がデュマにハンド・トーキーで連絡をとった。デュマは四人を外に出してくれという。外に出てデュマのところに行くように白鳥は命じた。

四人が外に出た。

間もなくサブ・マシンガンの掃射音が湧いた。

白鳥一行が外に出たときにはコロンボの仲間は四人ともガソリンをかけられて焼かれていた。

6

ジョセフ・ヤング教授は解剖をみていた。

何人かの病理研究スタッフがモルモットを解剖している。

癌病船はリボルノ港沖合に碇泊したままであった。

院長のゲリー・ハリソンが入って来た。

「何か出そうですか?」

ハリソンはヤング教授に並んだ。

「まずい」

ヤングの声は重かった。

防毒マスクをつけているからではない。クローチェ・ウィルスは沈黙《サイレント》ウィルスであった。死の沈黙ウィルスだ。

病原体は細菌学、血清学に基く検査では形も大きさもつかまえられなかった。電子顕微鏡にもかからないしベルケフェルト細菌濾過器《ろかき》にもかからなかった。つまり、寄生虫や細菌ではないということになる。寄生虫や細菌なら顕微鏡での捕捉が容易だ。不顕《ふけん》性のウィルスということになる。

不顕性感染の場合は実験動物を解剖しないと感染の有無がわからない。マウス、ラット、モルモット、ネズミ、ウサギ、サルなどに患者の血液や尿を注入する。気道、腹腔《ふくこう》、胃に注入してどこに病変が出るかを探る。

注入して五日後、十日後、十五日後、二十日後というふうに一定の期間を決めて解剖する。

病理研究スタッフは全力を挙げてクローチェ・ウィルスに取り組んでいた。ありとあらゆる実験動物を用いた。

かりに気道に病変がみられたら、呼気感染の傍証になる。そして、かりにサルに脾《ひ》臓《ぞう》の肥大とか肺出血とかがみられたとする。そのつぎは継代《けいたい》感染実験にかかる。最初に病変の出たサルの血液を別のサルに注入して病変発現期間を調べる。だいたいにおいて二代目、三代目と発現期間が短くなり病状も顕著になる。

つぎは抗原抗体反応である。

三代目のサルの病変臓器の乳剤＝抗原にこれまで開発された血清＝抗体を加えて中和反応をみる。その反応によってどの系統のウィルスかが判明する。

クローチェ・ウィルスはどこにも貌《かお》を出さない。

マウス、ラット、モルモット、ネズミ、ウサギ、サル——どの実験動物にも、なんの病変も出ない。

二月十日であった。

動物実験をはじめてからおよそ二十日になる。

「だめか……」

ハリソンはつぶやいた。

ウィルスが同定できなくてはワクチンの創りようがない。

ジョルジュ・コロンボは闇《やみ》に消えた。フランスの国家警察は国境を閉鎖して死物狂いになってコロンボとスミソニアン夫妻を追っていた。癌病船カーペンターの三人はコロンボ追跡専従となってフランスに残った。コロンボもスミソニアン夫妻も死のウィルスのことは何も知らないでいる。

感染は潜伏期間の末期に強くなるものが比較的に多い。だが、クローチェ・ウィルスの場合はわからない。貌のないウィルスだけに手に負《お》えない。コロンボは確実に感染している。二次感染である。クローチェ・ウィルスがスローウィルスだとして潜伏期間を一年間と仮定するとコロンボは六カ月で発病することになる。常識的にはだ。三次感染のスミソニアン夫妻はそのさらに半分の三カ月で発病することになる。スミソニアン夫妻が発病するまで発見できなければそのときは人類の危機といわねばならない。

ワクチンができていなければだ。

呼気感染の場合は咳《せき》や嚔《くさめ》で射出されたウィルスが一時間近く活性を保つことが知られている。クローチェは発病してわずか二十日前後で死亡している。心筋巣状壊死《えし》、脳下垂体前葉壊死と解剖所見につづくクローチェの体はボロボロであった。発病者には確実な死の転帰が待ち受けているおそるべきウィルスであった。

――核戦争どころではなくなる。

ハリソンはそう思った。

「ただごとではない。WHOに報告しなければならない」

ヤングはハリソンをみた。

スタッフが解剖するどの実験動物にもいっさい、病変がみられない。

「われわれは、敗れるかもしれない」

ヤングは青ざめていた。

スローウィルスにほぼまちがいなかった。ウィルスの分裂するゼネレーション・タイムが極端に長いのだ。ヤングは悪魔をみる眸《め》で解剖をみつめた。そこにいるはずなのに悪魔は貌をみせない。

ドクター・デミタが入って来た。

ミラノ・コムーネ病院長である。デミタも防毒マスクをしていた。デミタもヤングもほぼまちがいなく感染していた。クローチェを診《み》たときにクローチェは吃逆《きつぎゃく》状態にあったからだ。

「クラクシが悪化しました」

デミタはどちらにともなく告げた。

「どんな状態ですか？」

ハリソンが訊いた。

「酩酊《めいてい》状態です。それに腹部膨満《ぼうまん》もはじまっています」

クラクシはクローチェ・ウィルスの感染者で後天性免疫不全症候群《エイズ》にかかっていた。二次感染であった。クローチェが来院してから死ぬまでの経過をデミタはみていた。同じ病状をクラクシは辿《たど》っていた。クラクシに早い死の転帰が訪れていた。

「血圧は？」

ヤングが訊いた。

「四十まで下がっています」

「もう、間もなくか……」

ヤングはつぶやきを落とした。

クラクシの死は他人事《ひとごと》ではなかった。ヤングとデミタにも同じ死が迫っていた。クローチェは発病後約二十日で死亡している。クラクシは発病してまだ十日ほどだ。二、三日中には死のう。貌のないクローチェ・ウィルスは死の猛威をふるいはじめた。

ウィルス株を同定しようにも同定のしようがない。

ヤングは小さく首を横に振った。


二月五日。

イタリア国防省情報局。

フォルラニ大佐は電話に出た。

——フォルラニ大佐ですか。

男の声が訊いた。

「そうだ」

——名前は名乗れませんが、ご相談があります。

「なんの相談だ」

——大佐は〝蒼い旅団〟を追っているでしょう。

「そうだ」

——エメリオ・ペルチーニを、欲しくありませんか。

「条件は？」

きたいのです。

――わたしは、国外に出たいのです。わたしの罪を問わないで国外に出していただきたいのです。

「きみは、何をやった」

――〝蒼い旅団〟の構成員です。

「よかろう。どこで会う？」

――ポルタ・ジェノバ通りに、ボッカチオというバーがあります。夜の八時では。

「わかった」

フォルラニは電話を切った。

エメリオ・ペルチーニはコロンボの右腕だ。工業会館を血で染めた一味の中にペルチーニもいた。ペルチーニを渡すのなら雑魚《ざこ》の一匹や二匹を国外に出すのはなんでもない。

ペルチーニならフランスでのコロンボの潜伏先を知っているかもしれない。

それに、クローチェの正体もだ。クローチェ・スパドリヒは偽名だった。コロンボが車をパトカーにぶつけてはじめて世に出た名であった。新聞に写真を載せたがだれからもなんともいって来なかった。コロンボとクローチェがミラノのどこに潜伏していたのかもいまだにわからないでいた。

フォルラニは夜を待った。

約束の八時にボッカチオに入った。七、八人の客がいた。小さな安酒場だった。しばらく飲んだがだれも近づかない。おびえたのだとフォルラニは思った。

「フォルラニさんはいますか？」

バーテンがかかって来た電話を手にして訊いた。

フォルラニは電話に出た。

昼間の男だった。すぐ近くの教会の公園にいるという。

フォルラニは公園に向かった。拳銃をコートのポケットに入れて握った。

公園のベンチに男がいた。

「おまえ独りか」

「そうです」

声が凍えていた。

「ペルチーニは、どこ《ここ》だ」

「約束を守っていただけますか」

「ペルチーニを逮捕できたら、な。そのときはおれのオフィスに訪ねて来い。で、どこだ」

「ここに、描いてあります」

男は地図を描いた紙片を差し出した。

「ところで、クローチェと名乗っていたコロンボの情婦だが、知っているか」

「新聞で、はじめて知ったんです」

「もちろん、コロンボの潜伏先は知らない？」

「知っていたら、コロンボを売りますよ」

「なぜ、そうびくついて、逃げ出す」

「警察です。身動きができなくて……」

「わかった。もう行けよ」

フォルラニは地図を街灯に拡げてみた。

「こんなところに、いやがったのか」

フォルラニはつぶやいた。

男の姿は消えていた。

もちろん、警察は体面にかけて〝蒼い旅団〟一味を追っている。プブリカ・シクレッツァは死物狂いだ。しかし、それだけの理由での国外脱出ではあるまい。情報局に売り込んだとは小悧巧《こりこう》な男であった。

ヘリコプターが癌病船Bデッキのヘリポートに舞い下りた。

副船長のデビッド・ロートンが待ち受けていてフォルラニ大佐を船長公室に案内した。

白鳥船長、ハリソン院長、ヤング教授、ドクター・デミタの四人が待っていた。ヤング、デミタの二人は防毒マスクをかけていた。その防毒マスクをみて、フォルラニは悪魔のウィルス、クローチェ・ウィルスを抱え込んだ癌病船の苦悩を知った。世界の頭脳といわれる科学者を集め比類のない研究施設も持っている癌病船を悪魔のクローチェ・ウィルスは嘲嗤《あざわら》い、無力化しようとかかっていた。

死を撒《ま》き散らしにかかっていた。

癌病船が敗れたら、欧州は死滅する。

フォルラニはテーブルに就《つ》いた。

「クローチェの経歴が、ほぼわかりました」

「あなたには感謝しています」

癌病船を代表して白鳥が礼を述べた。

フォルラニ大佐はめざましい戦果を挙げていた。〝蒼い旅団〟の大幹部エメリオ・ペルチーニを含めて幹部三人を逮捕していた。そして、ペルチーニからクローチェの素姓《すじょう》を絞り出したのだった。もちろん、コロンボとクローチェのミラノでの潜伏場所も突きとめていた。感染者の追究がはじまったばかりだった。

イタリアにおけるクローチェ・ウィルス感染者の大半はそれでおそらく収容できることになる。

何よりもクローチェの素姓を割り出したのは人類にとっての大きな戦果であった。

地中海ではアメリカとソビエトの艦隊の睨《にら》み合いがつづいている。NATOとワルシャワ条約軍は対峙《たいじ》に入ったままだ。ワルシャワ条約諸国・EC諸国はともに厳重に国境を閉鎖している。二次感染者のコロンボを入れないためだ。

癌病船からWHOに、WHOから各国首脳に緊急連絡がとられた結果の、世界大戦前夜だった。発病したら十日から二十日で確実に死の転帰をとるクローチェ・ウィルスには癌病船にも対処のすべがなかった。しかも、呼気感染である。ウィルスの系統さえまったく不明の悪魔《デビル》のウィルスであった。感染が潜伏初期にはじまるウィルスだとしたらその伝播《でんぱ》力は猛烈なものになる。たちまち何百万何千万人の感染者が出る。百万は二百万に二百万は四百万人にという想像を絶する死の倍々ゲームがはじまるのだった。

呼気による感染が初期にはじまるのか中期か後期か潜伏期間がどれほどか——いっさいがっさいまったく以《もっ》てわからない悪魔のウィルスの出現であった。

自衛するには国境を閉じるほかはなかった。

経済の心配などはものの数ではなかった。

その死のウィルスに向かって癌病船が身を起こし立ち向かう最後のエネルギーを、フォルラニ大佐は与えてくれたのだった。

「わたしの働きはたかが知れています。クローチェの経歴といってもそれが即、クローチェ・ウィルスの謎《なぞ》に繋《つな》がるものではありません。あなたがたの想像力と癌病船の機能に期待するしかないのです」

「わたしとドクター・デミタは、クローチェ・ウィルスに感染しています。わたしは、わたし自身の存在を賭《か》けてクローチェ・ウィルスと戦うつもりです。癌病船は支援してくれるものと信じています」

ヤング教授。

「当癌病船は地獄に向かってでも航行をします。そうでしょう、キャプテン」

ハリソンは白鳥をみた。

「必要とあらば」

白鳥は短く答えた。

「力強いかぎりです」

二次感染者を百パーセント洗い出せるわけではないことを、フォルラニは承知していた。ウィルス株の同定、ワクチンの製造に欧州の命運はかかっていた。

「クローチェは南ア国籍でした」

フォルラニは切り出した。

「イタリア人ではないのですか！」

南ア国籍ときいてヤングの声が高くなった。

ヤングは悪魔のクローチェ・ウィルスの正体をみた気がした。

「父母がイタリア人で南アに出稼ぎに出て、そのまま住みついたのです」

クローチェは南アで生まれていた。

両親はヨハネスブルグに住んでいた。クローチェがカレッジを出て間もなく両親が逝《い》った。クローチェは市立病院に勤めながら看護婦学校に通い資格を取得している。クローチェが南アを出たのは二十六歳のときであった。変わった娘であった。人種隔離政策《アパルトヘイト》に反対する地下組織に加入していることが曝《ば》れて病院から追い出される恰好になって南アを出ていた。

イタリアに入国したのが、約一年前。

コロンボの情婦になったのが、およそ九カ月前。

南アを出てからイタリアに入国するまでに一年と二カ月間の空白があった。

南ア警察の調べでわかったのはそれだけであった。

「一年と二カ月の空白ですか……」

ヤングは空間の一点をみつめた。

奇病といわれる流行性出血熱ではハタネズミに脾臓《ひぞう》の肥大・肺出血などの病変が出た。黄熱病ではアカゲザルに病変が出た。クール病はチンパンジー。レプラはアルマジロ。ウィルスの中には同じネズミでも種類が異なるといっさい増殖しないで沈黙してしまうのがある。

――一年と二カ月の空白。

ヤングは身じろぎもしなかった。

悪魔のウィルスの棲《す》み家《か》はその一年と二カ月の空白であった。細菌は自然環境で増殖するが、ウィルスは感染でしか増殖しない。ヤングはクローチェに取り憑《つ》いた悪魔のウィルスの貌を思い描いた。二本の角を生やしてするどい槍を持ったウィルスを。

第二章　貌《かお》を有さない悪魔

1

フランス内務省に所属する国家警察・国土監視局《DST》のジャック・デュマ警視はフランスに於けるジョルジュ・コロンボ追跡の総責任者となった。国の命運をデュマ警視は握らされたのだった。

警察はいうにおよばず軍隊の出動もデュマ警視の一存で要請できることとなった。

デュマは精鋭十名を選抜した。

癌病船・北斗号の大工《カーペンター》三人にデュマを加えると総勢で十四人である。ヘリコプター三機に分乗してコロンボ追跡に突入した。デュマも部下も防毒マスクを携帯《けいたい》した。

防毒マスクは住民に異様な感じを与えるがそれをおそれている場合ではなかった。

山奥のペンションからコロンボはスミソニアン夫妻を人質としてヘリコで逃走した。ヘリコはイゼール県のアルバールに向かっていた。そこまではペンションで捕殺した部下の供述でわかっていた。ただし、時間が経ち過ぎていた。四時間弱の遅れがあった。それに、コロンボがはたしてアルバールに向かったかどうかもさだかではない。陽動作戦ということも考えられる。コロンボはリビアのテロリスト訓練所を出ていた。生粋《きっすい》のテロリストであった。リビアは欧州テロリスト集団の中心的存在であった。それだけにコロンボの支援者は欧州全域に存在する。

デュマはただちにイゼール県を中心とする広域検問を設けさせた。ただし、コロンボ一行らしいとわかったら厳重包囲するだけで、接近・逮捕は、厳禁とした。


二月六日。

関根、倉田、鳥居の三人はリヨンにいた。

デュマはヘリコ二機で部下を率いて各地を回っていた。国土監視局には総動員令が発令されている。情報員が各警察に張りついていた。デュマはそれらと機上からの指揮をとりながらの必死の追跡をつづけていた。

「鼬《いたち》のような男だ」

関根はタバコに火を点《つ》けた。

機中での待機であった。

フランス国家警察は国家の命運を賭《か》けて必殺の陣を布《し》いている。国土監視局は上空を舞う猛禽《もうきん》だ。猛禽のするどい眸《め》は鼠《ねずみ》一匹、見逃さない。猛禽が上空を舞えば鼠も兎《うさぎ》も隠れ家である森を出られない。猛禽の旋回は鼠類の行動を抑え、爆発的繁殖を封じ込んでいるのだった。

だが、コロンボは鼬《いたち》であった。鼬類の幻覚的なまでのすばやい動きには、猛禽も手が出ない。

警備・刑事警察は猟犬《ハウンド》だ。鼬もハウンドには敗れる。嗅覚《きゅうかく》で隠れ家を暴《あば》かれるからだ。したがって鼬は隠れ家に難を避けることはしない。警察《ハウンド》はローラー戦術に出るからだ。

コロンボ鼬は猛禽の眸を晦《くら》ましながら巧みとしかいいようのない逃亡をつづけていた。足跡一つ残さないで行方を晦ましてしまっている。

しかも、スミソニアン夫妻を人質にしたままでだ。

ただし、鼬は死のクローチェ・ウィルスに冒されていることを知らないでいる。死界に向かって鼬は逃亡をつづけているのだった。

「セーラも、絶望か」

鳥居がつぶやいた。

「おそらく」

関根がうなずいた。

癌病船病理研究スタッフはクローチェ・ウィルスの同定に懸命の努力をつづけていた。ありとあらゆる実験動物を用いてウィルスの培養に取り組んでいるが、目下のところ沈黙《サイレント》ウィルスはいっさいその素顔を覗《のぞ》かせていない。

癌病船生みの親である故リチャード・スコットの唯一《ゆいいつ》の身内であるセーラは、コロンボの性交奴隷に堕《お》とされている。コロンボは確実に二次感染に罹《かか》っている。会話だけで感染するクローチェ・ウィルスの保菌者《ウィルス・キャリアー》に舌を吸われつづけたのでは、救いようがない。

――欧州は救われないのではないのか。

関根はぼんやりとそのことを思っていた。

コロンボ一行との接触者はこのままでは癌病船に収容しきれない危惧《きぐ》が大だ。コロンボのような二次感染者が発病してウィルスを撒《ま》き散らしたら収拾のつかないことになる。二次感染、三次感染となるたびに死の転帰が早くなるからだ。ウィルスの同定のできない癌病船は憂色に包まれていた。

関根、倉田、鳥居の三人がフランスに残った理由もそこにあった。国土監視局は政府の特別命令を受けている懸念《けねん》があった。ペンションでデュマ警視はコロンボの部下四人をサブ・マシンガンで射殺しただけではなくガソリンをかけて焼いている。政府の狼狽《ろうばい》ぶりが目にみえるようであった。コロンボを発見する。コロンボが抵抗すると否にかかわらずデュマは掃射したのちに焼きにかかる危惧が強かった。スミソニアン夫妻をも射殺することを前提としている懸念があった。

関根たちが現場に立ち合えばデュマにも、それはできない。フランスは癌病船を敵に回すことになるからだ。

午前十一時。

カーペンター専用ヘリコにデュマ警視から連絡が入った。

——こちらは、デュマ警視。

「関根だ。何かを摑《つか》んだのか」

無線には関根が出た。

——ただちに発進せよ。スペインとの国境近くにクトールという寒村がある。リオン湾に面した村だ。そこで落ち合おう。連中はスペインに入った可能性が大だ。スペイン秘密警察もクトールに来る。以上だ。急げ。

デュマの口調はあわただしかった。

ヘリコのロータが回りはじめた。


クトールはリヨンから直線距離にして約四百キロのところにあった。

午後一時前に関根一行はクトールの村に入った。

近くのペルピニャン市からパトカーが三台、駆けつけていた。指揮に当たっているのはエルニユ警部。

三十分ほど遅れてデュマ一行が到着した。

スペイン秘密警察《リガダ・デ・インベスティガシオン・ポリティコ・ソシアル》のホルゲ・ロペス隊長がデュマの特別の計らいでクトールに入っていた。

クトールの村は漁業で生計をたてていた。

蛸漁《たこりょう》が盛んだった。欧米人は蛸はデビルフィッシュとして喰わないといわれるが、ギリシア、イタリア、スペインなどでは大いに喰う。フランスでも一部では蛸は食用である。

ルイという老漁夫がいた。

ルイの甥《おい》にルノーという若者がいた。

ルイもルノーも蛸漁をやっている。

二日前の早朝だった。ルイはルノーの漁船が訝《おか》しいのに気づいた。蛸は蛸壺で獲《と》る。蛸壺を海に沈めておいて朝になって手繰《たぐ》り上げるのである。蛸は夜行性だから朝になると恰好の巣穴とばかりに蛸壺に入る。

その日、ルノーは特別に早くに海に出た。ルノーの漁船に四人の人間が乗り込んだのをルイは偶然に目撃した。一人は女のようだった。貌《かお》まではみえなかった。おかしな真似をするとルイは思った。蛸漁の見物人などというのはきいたことがない。どこかから友人がやって来たのかと思った。

早い蛸漁から戻るルノーの漁船とルイは擦《す》れちがった。ルノーは独りだった。

ルイはテレビが流しつづけている凶悪殺人鬼のコロンボのことを思いだした。コロンボはミラノに新婚旅行に来ていたイギリスの富豪夫婦を人質にしている。臭いぞと、ルイは思った。

漁から戻ってルイはルノーを問い詰めた。

ルノーは、そんなことはない。みまちがいだと受け流した。爺《じい》は目が遠いから、錯覚だといい切った。ルイは一晩中、考えた。ルノーがコロンボの国外脱出に一役買ったのなら、許せない。ルイは頑固一徹の老人だった。

通報を受けてエルニユ警部がやって来てルノーを訊問した。ルノーは呆《ほ》けかけたルイの錯覚だといい張った。エルニユ警部は念のために国土監視局に連絡をとったのだった。

デュマ警視がルノーを絞り上げた。

ルノーはデュマの一喝《いっかつ》で吐いた。警察だけではなしに国土監視局が乗り込んで来た。

ルノーはふるえ上がっていた。

四日前に一人の男が蛸を分けて欲しいといってルノーに近づいた。その男は、四人の人間を海に連れ出して洋上でモーターボートに渡してもらいたいといった。ただ、それだけで三千五百フランをくれるという。ルノーは稼《かせ》ぐことにした。半金を先に受け取った。洋上に出たところでルノーは目隠しをされた。爆音が去ったあとでルノーは目隠しを取ったから何もみてはいない。爆音が南西に向かったのを知っているだけであった。女が一人に男が三人だがマスクや帽子で貌をみられないようにしていたから人相もわからない。

午後三時。

関根一行はロペス秘密警察隊長のヘリコでスペインに入った。

「おれは、フランスのようなヘマはやらない」

機がクトールを翔《か》け発《た》ってからロペスは断言した。

ルノーが洋上でモーターボートに渡したのはコロンボ一行だとほぼ断言できる。女はセーラで男は夫のマイケル・スミソニアンだ。コロンボが夫妻を支配しているのだ。

いざというときの人質であり、何も起こらなければ身代金をせしめる気だ。もう一人の男は欧州テロ集団から派遣されたコロンボの支援者であろう。

五日間近くも国内に潜入、滞在されていながらフランス国家警察はコロンボを取り逃がしている。何が国土監視局だと、嗤《わら》いたくなる。

モーターボートが南西に向かったとわかってデュマ警視は安堵《あんど》を表情に浮かべた。確実に死の旋風を巻き起こす厄病神《やくびょうがみ》をスペインに渡したからだ。デュマに課された任務は厄病神との接触者を捜し出して隔離することだけだ。しかし、それも難航する。クトール村までのコロンボの足取りは断ち切れているからだ。捜し出せるものなら国家非常時態勢を布《し》いているのだからこれまでに判明していなければならない。

コロンボはフランスにクローチェ・ウィルスをばら撒いているのだ。クローチェ・ウィルスの同定の成否にもよるが、フランスは依然として死の大旋風を抱えている。安堵などはあり得ない。

――スペインでは、そうはさせない。

コロンボがスペインに入国する懸念は大であった。

スペインを守る二大機関は秘密警察と治安警備隊《ガルディア・シビル》だ。ほかに国家警察《ポリシア・ナシオナル》と国境警備隊がある。すでに秘密警察と治安警備隊および国境警備隊には国境封鎖命令が出ていた。フランスとの国境は厳重に封鎖してある。

理由があった。スペインはバスク戦争をやっていた。バスク地方というのがある。その一帯に住むバスク人は自治権を与えられているのに完全独立を叫んでゲリラ戦を展開していた。勝つ見込みのないゲリラ戦であった。フランスとの国境にピレネー山脈がある。フランス側はピレネー県だ。そこにもバスク人が居住していてそこからゲリラが国境を越えてやって来る。治安警備隊や国境警備隊を殺すのを愉《たの》しみにしている。スペイン側に住むバスク人はさほど過激ではないが、呼応してゲリラ戦に突入する。ブランコ首相を暗殺したり、避暑地や各ターミナルに爆弾をしかけたりする。

通称〈祖国と自由《エズカデ・タ・アスカタスナ》〉だ。ETAと呼ぶバスク・ゲリラ隊だ。

ETAにとってはスペインに敵対する者は味方だ。

祖国と自由を標榜《ひょうぼう》しているから欧州テロ集団には同情的だ。ETAがコロンボを匿《かくま》う懸念は大であった。ETAのゲリラが国内から出撃するのを黙認しているフランスもETAがコロンボを匿ったとなれば、黙ってはいない。とうぜん、ETAはコロンボをスペインのバスク人居住自治区に送り込むはずであった。ゆえの厳重を極めたフランスとの国境封鎖であった。

――だが、コロンボは海からスペインに侵入した。

もちろん、海岸線もいたるところにコロンボ潜入に備えて検問所を設けてある。国家警察は総動員態勢に入っている。短日時でコロンボはかならず捕殺する。フランスの間抜けの二の舞いは演じない。

ピレネーを越えたらそこはアフリカだと、ナポレオンはいった。いまもフランス人はそう思っている。尊大なだけが取《と》り柄《え》のフランス人であった。

「そう願いたいものだ」

関根がロペスに答えた。

ロペスは四十歳代にみえる。精悍《せいかん》な容貌を持っていた。かなりな決断力のある男とみえる。ただし、相手は魑のコロンボだ。ミラノでは警官を撃って逃亡に成功している。マイケルとセーラの夫妻を奴隷にして君臨している。夫妻は魂をコロンボに握られてしまっている。そうでなければ夫妻を連れてここまでの逃走はかなわなかったはずだ。機に臨《のぞ》んで応変の鬼手を繰《く》り出せる男のようであった。

2

スペイン北東部に位置するロッサス湾に面したカダケスという小さな町があった。

フランスの地中海側には世界に知られたコート・ダジュールがある。スペインの地中海側はもっと華やかだ。北から荒々しい海岸のコスタ・ブラバ。黄金海岸のオレンジの花海岸《コスタ・デル・アサーアル》。白い海岸《コスタ・ブランカ》。太陽の海岸《コスタ・デル・ソル》。光の海岸《コスタ・デ・ラ・ルス》などとつづく。世界中から訪れる観光客で支えられている海岸であった。

コロンボは貸アパートに入っていた。

月額二十万ペセタでプール付きの貸アパートであった。ホテル、バンガロー、貸アパートなどが犇《ひしめ》いている。

コロンボの入ったのはフランスとの国境からは直線にすれば二十キロ弱のコスタ・ブラバであった。フィヨルドに似た海岸であった。

コロンボは自信を持っていた。

結局、フランス当局はこけにした。コロンボには欧州テロ集団がついていてどこの国に入っても支援してくれる。もちろん、コロンボもこれまで他のテロリストを庇《かば》い、匿《かくま》いして来た。欧州、中近東ではたしかな連携があった。ヤボなフランス警察にはつかまらない自信はあった。それにしてもマイケルとセーラの夫婦奴隷を従えての逃走であった。強運を思わずにはいられなかった。

コロンボはプールサイドでセーラの尻を撫《な》でていた。

セーラもコロンボも全裸。裸でプールでふざけ合ったばかりだった。マイケルは傍に控えさせてあった。夫妻を放つ気はまったくない。いざというときには人質にして弾除《たまよ》けにする。これほど立派な弾除けはない。落ちついたら、夫妻は多額の身代金を運んで来ることになる。それまではセーラは従順な性交奴隷。マイケルは忠実な召し使いだ。コロンボにいうことはなかった。

スペインからの脱出計画は整っていた。

すばらしいセーラの尻であった。

スペイン側の支援者は情報収集のために外出していた。

セーラの尻を弄《もてあそ》びながらコロンボはミラノからここまでの逃走を反芻《はんすう》していた。

この尻のおかげだという気がする。きれいに盛り上がっていて比類のない形をしていた。幸運をもたらす尻であった。背筋はくっきりと凹《くぼ》んでいる。膚《はだ》には汚点《しみ》一つない。ミラノではコロンボは運に見放されかけた。クローチェの風邪が急速に悪化した。ただの風邪だとは思えなかった。クローチェは独りでは動けない。病院まで運ぶだけだとコロンボは思った。病院に運んでその足でミラノを出るつもりでいた。それが選《よ》りによってパトカーに衝突してしまった。最期だと、コロンボは思った。

その最期を、この尻が救ってくれた。ふつうの女なら、こうはいかない。ふつうの夫婦なら、こうはいかない。イタリア女は大仰《おおぎょう》に騒ぎたてる。イタリア男も同じだ。わめくのが何よりも好きなのがイタリア人だ。コロンボが停めた車はロールスロイスだった。乗っていたのがイギリス貴族のスミソニアン夫妻。若いマイケルは世間知らず。まるで何もわかってはいない。コロンボからみれば動く人形にすぎない。スミソニアン家が迎えたくらいだから、セーラも上品な人形である。夫妻ともに生臭さは持ち合わせていない。意志を奪い骨抜きにするのはわけはなかった。下層階級出身の人間は信用ならない。どこで牙を剥《む》くかわかったものではない。どこで牙を剝けばいいかの経験はガキの頃から積んで来ている。マイケルとセーラにはそれがない。執拗《しつよう》に犯されて堪えきれずに声を放ったセーラをみて、マイケルはたちまち自分自身を喪失してしまった。男根さえ立たなくなってしまった。いまはコロンボとセーラに隷従《れいじゅう》することで辛《かろ》うじて自己崩壊からまぬかれている。自己保存本能は隷従からしか湧《わ》かない。セーラはちがう。セーラは自身が滅んだことを承知している。セーラは生きようとは思っていない。生きようとすればセーラは自分でいのちを絶たねばならなくなる。

人間の魂を貪《むさぼ》ることの快感にコロンボは昂《たか》ぶっていた。

セーラは腹這《はらば》っている。コロンボはセーラの尻の割れ目に口をつけた。セーラはころもち、尻を上げた。

陽射しが勁《つよ》い。

それにしてもと、コロンボは思う。

イタリアで〝蒼い旅団〟幹部のエメリオ・ペルチーニを含む幹部三人が国防省情報局に逮捕された。逮捕されるのはしかたがないとしても、なぜ情報局が出て来たのかがわからない。

フランスでは国土監視局がコロンボ追跡の前面に出た。

ソビエトとアメリカは開戦前夜にある。ＮＡＴＯ軍もワルシャワ条約軍も激突の構えにある。イタリアもフランスもコロンボどころではないはずであった。なのにコロンボ追跡に情報局が出て来たのが、解《げ》せない。どう考えても納得のいく答えが出ない。謎《なぞ》はまだある。ミラノ・コムーネ病院に収容されたクローチェが消えた。警察の当初の発表ではクローチェは重篤《じゅうとく》で訊問できないとあった。それはたしかだ。なのにそのクローチェが病院から脱走したという。入手できるかぎりの情報ではいまもってクローチェは発見されていない。

ありえないことを警察は発表している。

リビアのテロ集団がソビエト製の核地雷をイタリアに持ち込んだとしてEC各国は国境を閉鎖した。それも、あり得ないことだ。核地雷をソビエトがリビアに放出するわけはない。アメリカがソビエト軍の侵攻を阻止するためにアルプスに核地雷を敷設するという戦略なら、耳にしている。アルプスを崩そうという戦略だ。そんな核地雷がテロリストの手に入るわけはない。かりに、もっと小型の核地雷があって運搬中に盗まれてテロリストの手に渡ったとすれば、うなずける。しかし、各国の情報局がコロンボを追う理由にはならない。

何か面妖《めんよう》なことが起こりつつあるのはわかるが、それが何なのかはコロンボには想像がつかない。

コロンボはセーラの尻に手を差し入れた。

マイケルはみていた。コロンボの男根は勃起している。セーラも濡《ぬ》れているのにちがいなかった。いまではセーラは感じたらそのままあえぎに出す。ことばにして出す。急速にセーラは性技をおぼえ、性欲にのめり込んでいた。見知らぬ女にセーラは変貌《へんぼう》していた。セーラはマイケルを無視していた。マイケルだけではなしにたいていのものにセーラは無関心になっていた。セーラは笑いを忘れていた。ことばも忘れていた。何かをいわれたときに短い受け答えをするだけだった。意思表示をするのは性交のときだけであった。

セーラは弄びやすいように尻を上げている。

ブザーが鳴った。

コロンボが跳ね起きた。

マイケルが玄関に出た。

三十代なかばにみえる夫婦が少女を連れて立っていた。

「突然で済みません。わたしたち、この近くの貸アパートに入った者です。イギリスから来ました。ウォーカーと申します。ハロルド・ウォーカーです――」

そこまで自己紹介して、ウォーカーは黙った。

妻のアンと娘のドールを紹介するのを忘れた。

「もしかして、あなたは、あのスミソニアン家の――」

「ちがいます」

目で合図したが、間に合わなかった。

玄関の内側にいたコロンボが出て来た。コロンボは拳銃を手にしていた。

「バカな連中だ」

コロンボはウォーカー一家を拳銃で追い立てて家に入れた。

ウォーカーは妻のアンと娘のドールに騒がないようにいいきかした。ウォーカーの貌からは血の気が失《う》せていた。相手が〝蒼い旅団〟の首魁《しゅかい》、ジョルジュ・コロンボだと知った。家の中にはマイケル・スミソニアンの新妻のセーラがいた。半裸体だ。何がどうなっているのかは訊《き》くまでのことはない。

ミラノで夫妻を人質にしたコロンボはスイス、フランスと夫妻を連れたままで逃走してスペインに来ていた。

軽率を悔《く》いたが、遅い。荒々しい海岸線のつづくコスタ・ブラバは他の海岸に較べて客がすくない。ホテル、バンガロー、貸アパートなどもとうぜん、すくない。ウォーカーはパーティを開こうと思って誘いに寄ったのだった。欧州でもっともおそれられている〝蒼い旅団〟の巣窟《そうくつ》に迷い込んでしまった。ただで済むわけはないのだった。

ウォーカー、アン、ドールの三人は縛られた。

「わたしたち親子は、いっさい、絶対に口外しないことを誓います。ですから……」

「黙れ！」

コロンボはウォーカーを殴りつけた。

「命令に背《そむ》いたら、三人ともただちに殺す」

コロンボは死の影を垣間《かいま》みた気がした。

ウォーカーは二百メートルほど離れた貸アパートに入っているという。パーティに誘いに来たという。それはウソではあるまい。探りに来るのなら妻や娘まで連れて来はしない。マイケル・スミソニアンらしいと悟っても口には出さない。そうであったにしてもこの一家の訪問はコロンボを死地に追い込むことになりかねない。脱出は明後日の夜となっていた。それまで親子三人を監禁しておけるかどうかだ。親子三人の失踪にだれかが気づいたら、それまでになる。

――ぶっ殺すか。

持ち前の凶暴さが衝《つ》き上げた。

コロンボはアンの縛《いまし》めを解いた。

「脱げよ、女」

殺すかわりに屈辱のかぎりを親子に味わわせることにした。隣りとの関係がつねに平和であると思うその身勝手さに我慢がならなかった。

「いやです！」

たとえ殺されても、夫と娘の目の前で犯される屈辱には、アンは堪えられなかった。

コロンボは娘のドールを目の高さに摑み上げた。

「投げ殺すぜ。どっちかに決めろ」

「わかった。わかりました」ウォーカーが哀願した。「別の、別の部屋で、お願いします。娘の、娘の前でだけは、遠慮してください」

「てめえに訊いとるんじゃねえ！　おい、どっちだ！」

「脱ぎます」

アンの声が無残におののいた。

コロンボはドールを投げ殺す。人間を殺すために生まれて来たような男であった。脱いで屈辱に塗《まみ》れるしかなかった。

「脱ぎますが、別の、部屋に、してください」

「ここでだ！　娘を殺されたいのか！」

コロンボはアンを殴り倒した。

「眸《め》を閉じて、固く、閉じていなさい」

ウォーカーがドールにいえることはそれだけであった。

マイケルとセーラがみている。どちらも口出しはしなかった。感情を浮かべない表情であった。アンが立って脱ぎはじめていた。ドールは固く眸を閉じた。ドールは十二歳。眸を閉じてはいても母がどうされるのかはわかる。なぜ、裸にされているのかは理解できる。

裸になったアンの体が屈辱にふるえていた。

そのアンがコロンボの前に跪《ひざまず》かされた。コロンボも裸になっていた。コロンボは立ったままだ。コロンボがアンに男根を突きつけた。アンが瞳を閉じた。アンは男根を握った。ゆっくり、アンは擦《さす》りはじめた。ウォーカーは眸を閉じた。しばらくして、眸を開けた。アンは口に男根を差し込まれていた。地獄絵さながらの口腔性交がはじまっていた。アンの口が裂けそうになっているのをみて、ウォーカーは眸を閉じた。

3

バレンシア。

地中海に面したスペイン海岸線のちょうど中央に位置していた。

秘密警察隊長のホルゲ・ロペスはコロンボ追跡本部をバレンシアに置いていた。スペイン中のいかなる情報も追跡本部に入る態勢を布《し》いていた。

二月九日であった。

コロンボは二月四日にフランスを出てスペインに入っている。南西に疾走したモーターボートが東に向きを変えてフランスに向かったとは考えにくい。スペインに入ったはずであった。スペインに入って六日目になる。どこかに潜伏しているはずだ。国家警察はローラー作戦に突入している。燻《いぶ》し出すのは時間の問題といってよい。

午前七時。

関根、倉田、鳥居の三人に出動要請が来た。

三人のカーペンターはロペスの専用ヘリコプターでバレンシアを翔《か》け発《た》った。

フランスとの国境近いカダケスの町の警察から連絡があった。ロッサス湾に臨むコスタ・ブラバに貸アパートを持つ男からカダケス警察に連絡があった。ハロルド・ウォーカーなるイギリス人にアパートを貸した。ウォーカーは六日夜、パーティを開くことになっていた。家主も招かれた。家主は行ってみたがウォーカー一家は留守だった。家主は翌々日の夜になって、思い出して電話を入れてみた。出ない。不審に思った家主はアパートに出向いて合鍵で家に入ってみた。

パーティの準備はできていたがそのままになっていた。

家主はカダケスの警察に連絡をとった。

カダケス警察は管轄下のホテル、ペンション、貸アパートなど各家主に協力を求めて電話連絡をとった。どこにもウォーカー一家はいない。家主たちが電話で問い合わせた貸アパートで留守の家が一軒だけあった。

カダケス警察はバレンシアの本部に連絡して来たのだった。異常と思われる件はかならず連絡せよとの命令が徹底していた。警察の判断での動きは禁じてあった。

ヘリコは国道340号線に舞い下りた。

カダケス警察から署長が部下を率いて出向いていた。

ロペスは一軒だけ留守だという貸アパートを遠巻きに包囲させておいて三人のカーペンターとそのアパートに向かった。癌病船の三人のカーペンターの腕には定評がある。スイス、フランスとコロンボの潜伏先を急襲して来たのもかれらだ。修羅場に踏み込むには部下よりも信頼できる。それに一家三人が行方不明で近くの貸アパートが留守だというだけでは、コロンボとの関係は濃いものとは思えない。貸アパートを貸す場合は家主が入居者をチェックしている。隊員を連れて来なかったゆえんだった。

関根、倉田、鳥居の三人は防毒マスクを被《かぶ》った。ドアには鍵がかかっていた。家主から渡されたキーで関根がドアを開けた。倉田と鳥居は裏口とテラスに回った。

関根とロペスが踏み込んだ。

寝室にはウォーカー親子三人が全裸にされてベッドに繋《つな》がれていた。口も塞《ふさ》いであった。

ウォーカーが説明した。

コロンボ一行が家を出たのは今日の午前三時であった。モーターボートの爆音をウォーカーはきいた。

スミソニアン夫妻に貸アパートの借り主らしい男女が二人にコロンボの計五人であった。借り主らしい男が電話をするのをアンが偶然に耳にした。男は英語で喋《しゃべ》っていた。

マヨルカ島北東四カイリ　ＡＭ六時

メクネス号　マルセイユ

アンがきいたのはそれだけだった。

その場でフランス国土監視局のデュマ警視にロペスが連絡を入れた。ロペスはまた秘密警察の所属する内務大臣に緊急連絡をとってスペイン海軍の出動を要請した。

二十分ほどでデュマ警視からの連絡があった。

メクネス号は昨八日の午後七時にマルセイユ港を離岸していた。船籍はモロッコ。九百五十屯《トン》。積み荷はワインと乳製品。行き先はモロッコのカサブランカ。

EC各国は国境を封鎖している。船舶の入出港も禁止していた。国境閉鎖前に入港していた貨物船に限り、相手国が受け容れる保証のある場合に限って、特別に出港を許可していた。メクネス号は約十五日間のドック入りをしていたのだった。

いまが午前九時。

マヨルカ島北東四カイリでモーターボートと接触するのが午前六時。メクネス号はコロンボ一行を収容してカサブランカに向かっているからいま頃はジブラルタル海峡に向かって疾走中だ。バレンシア沖あたりとの計算が出た。

ロペス一行はバレンシアに戻った。

バレンシア沖合二百キロの海上にスペイン海軍高速魚雷艇が待機していた。ロペスのヘリコは給油をして魚雷艇に向かった。

「ロペス隊長」

関根が話しかけた。

「なんだ」

ロペスは鼻息が荒かった。

「これは、陽動作戦かもしれない」

「どういう意味かね」

「ウォーカー夫人が偶然にきいたというのが、訝《おか》しい」

「しかし、現実に連中はあそこの貸アパートからマルセイユ局経由で、メクネス号に船舶電話をかけている」

ロペスは電話局で調べてあった。

「メクネス号は検索するとして、陸上の検問はもっと強化したほうがいいような気がする」

「陸上の検問を強化──」

ロペスはおびえた眸《め》で関根をみた。

コロンボが陸地に逃げたのなら、収拾のつかないことになる。クローチェ・ウィルスを撒《ま》き散らしてスペインを汚染することになる。

――こちら巡洋艦・パビーヤ。目標船メクネスを発見。ロペス隊長はいるか。

「わたしだ」

ロペスは無線に出た。

――ソアレス艦長です。メクネス号は停船命令に応じない。公海を航行中の他国籍船舶に海賊行為を働くのかと激怒している。わたしは発砲命令は受けていない。海軍省に指示を仰いだら、あなたに訊けとのことだ。

「威嚇砲撃をしていただく。それでも停船しなければ、野郎の針路を扼《やく》せ。わたしが全責任を持つ。メクネス号はスペインに対し重大な犯罪行為を犯している。公海もクソもないといってやれ」

――了解。

高速魚雷艇がみえて来た。

ソアレス艦長は機関砲の砲門を開かせた。

砲撃音が大気をふるわした。

アメリカ第六艦隊地中海部隊の艦艇三隻が遊弋《ゆうよく》しながらスペイン海軍巡洋艦の蛮行をみているが何もいっては来ない。

「メクネス号、停船せよ。これが最後の警告だ。あくまでも停船命令を無視するのなら撃沈する」

何がどうなっているのかソアレスにはわからない。

アメリカ地中海部隊は見物しているだけだ。

地中海にはオデッサから出動したソビエトの地中海分遣隊が大挙して布陣している。

アメリカは第六艦隊空母打撃部隊が布陣している。フランスもイタリアもスペインも艦隊を繰り出していた。

秘密警察隊長のロペスは公海上で他国籍船舶を武力で以《もっ》て検索するという。

高速魚雷艇が突入して来たのを、ソアレス艦長はみた。

ロペス一行はメクネス号に移った。

アンドレオッチ船長はイタリア人であった。

「スペインはまた海賊をはじめたのか」

「黙れ。これから船内を検索する」

「きさまは、何者だ。でけえ面しやがって」

「内務省の者だ」

「内務省が内職に海賊をはじめたのか」

「うるさい！」

「臭えぜ。三流国の役人の臭いだ」

「三流国はそっちじゃないか」

「おい、待て！」

三人の男が防毒マスクをつけたのをみて、アンドレオッチはうろたえた。

「いったい、何があったのだ」

視線を内務省に戻したら内務省も防毒マスクを被りはじめていた。

アンドレオッチは黙った。

関根、倉田、鳥居の三人が船内を検索した。コロンボもスミソニアン夫妻も乗っていない。最後が貨物倉庫。貨物倉庫の検索は容易ではない。持参した催涙ガスを使うことにした。使う前に英語とイタリア語で青酸ガスで燻蒸《くんじょう》すると告げた。応答はなかった。催涙ガスを使用したが咳《せき》一つ湧かなかった。

「鼬《いたち》野郎め」

鳥居がつぶやいた。

「これで、フランスにつづいてスペインも、クローチェ・ウィルスに汚染されたか」

倉田。

ロペスは黙っていた。

呼気感染する死のクローチェ・ウィルスを撒き散らして行くコロンボの姿を、ロペスは思い描いた。コロンボが悪魔にみえた。癌病船がウィルスを同定できなければスペインに死の旋風が吹き荒れることになる。

4

二月十日午前九時。

リビア。

トリポリ郊外にある空軍基地からソビエト空軍輸送機アントノフＡＮ22が飛び発った。アントノフＡＮ22にはソビエトがリビアに送り込んでいた軍事要員八十六人が乗っていた。任務交替のための帰国であった。

ＡＮ22はジブラルタル海峡を出て大西洋に出た。北上してイギリス海峡を経てバルト海に入りモスクワに向かうコースをとった。

ＡＮ22は十五時十八分にドーバー海峡を抜けて北海上空に出た。バルト海に入るにはデンマークのユトランド半島上空をかすめて右旋回する。

ＡＮ22はデンマーク空軍の航空識別圏に入っていた。

十六時四十二分。

デンマーク北部航空レーダー基地はその時点でＡＮ22ともう一機の機影をレーダーに捕捉していた。

ＡＮ22機長、ラービン・Ｐ・Ｇも機のレーダーで追尾するその機影をとらえていた。

ラービンは無線で呼びかけた。国籍不明機だからであった。その機からの応答はなかった。

十六時五十三分。

デンマーク北部航空レーダー基地は青ざめた。

AN22を追尾する恰好《かっこう》になっていた国籍不明機からミサイルが発射された。AN22もミサイルを探知したようであった。機長の緊急事態を告げる悲鳴が入った。しかし、それは長くはつづかなかった。AN22はレーダーから掻《か》き消すように消えた。基地は総立ちになった。地中海ではソビエトとアメリカの両海軍が睨《にら》み合いをつづけている。NATO軍とワルシャワ条約軍も険悪な対峙《たいじ》をつづけている。どこにも増して一触即発の状態にあるのは東ドイツと西ドイツであった。

その最中にソビエト空軍の輸送機が国籍不明機によって撃墜された。

——世界大戦の引き金が引かれた。

だれもがそう思った。

ソビエト連邦は目と鼻の先だ。エストニア共和国、リトアニア共和国がある。湾の奥にはレニングラードが控えている。ソビエトの玄関口でのミサイル攻撃であった。ソビエトが黙っているわけがない。

空軍の出動は必至であった。

イギリス、デンマーク、ノルウェー、スウェーデンの各レーダー基地は緊迫に包まれた。

ソビエト空軍は出動しなかった。訝《おか》しなことになった。

ソビエトは沈黙したきりであった。

西側が大きく報道したがそれでもソビエト当局は黙り込んでいた。

ボブ・ポールはリボルノ市に来ていた。

世界に名の知れたジャーナリストのポールは〝匙《さじ》を投げない男〟といわれていた。

そのポールも今回だけは刀が折れ矢が尽きかけていた。国境、空港、港すべてが封鎖されてしまった。旅行者は無期限の足止めである。大使館に駆け込んでも領事館に駆け込んでも無駄である。イタリアではなくてアメリカ本国が帰国を拒絶している感じであった。

もちろん、ポールには帰国の意志はない。

世界的な何かが降って湧いた。

その何かはいまも進行中である。

昨日、ソビエト空軍の輸送機が北海で国籍不明機に撃墜された。輸送機にはリビアから帰国中の軍事顧問団、八十六人が乗っていた。西側は大騒ぎをしたがソビエトは沈黙していた。今朝になってタス通信がＡＮ22は事故に遇《あ》った模様で目下、当局は原因を調査中だと、短い記事を流した。

模様《い》とは、いってのけたものだ。西側のレーダーが確実に捕捉しているのだ。ソビエトの対応も面妖だがアメリカも訝《おか》しかった。アメリカの偵察衛星がＡＮ22撃墜をとらえていないわけはないのだ。にもかかわらず国防総省はコメントを避けていた。

重篤《じゅうとく》のクローチェ・スパドリヒがミラノ・コムーネ病院から深夜、ヘリコプターでどこかに運び去られた。会見するはずだった〝蒼い旅団〟のジョルジュ・コロンボがスミソニアン夫妻を人質にスイスからフランスに入った。

世界的な疫学の権威、ジョセフ・ヤング教授が滞在先のミラノのホテルから消えた。

ミラノ・コムーネ病院長も消えた。

クローチェの担当医も担当看護婦も消えた。

そして、ソビエトの原潜がギリシア沖で撃沈されて終末戦争前夜に世界は突入した。

核地雷が登場し、いっせいに国境の封鎖がはじまった。そして、ソビエト輸送機のミサイルによる撃墜だ。

——発端はコロンボとクローチェにある。

そこまではポールにもわかる。

ただし、そこまでだ。出国はできないし、要人に面会を求めても会おうとはしないし会っても二枚貝が殻を閉じた感じであった。

癌病船がリボルノ港沖合に碇泊《ていはく》している。

その癌病船にしきりにヘリコが舞い立ち舞い下りていると、私立探偵のコシガが連絡して来た。

ポールはリボルノ市にやって来た。

総屯数七万二千屯の白い巨体が望見できる。癌病船はリボルノ港に接舷しなかった。イタリア側の歓迎式もなしだ。イタリアの難病患者の診察もしない。医師団との交流もなければ集中講義もなしだ。クルーの上陸もない。

異例中の異例であった。

ポールの訪問も癌病船は拒絶したきりだ。

ポールは、つぶやいた。

——魔王《サタン》め。

国境封鎖、終末大戦前夜——すべては癌病船が演出している。理由はさだかではないがポールは結論をそこに向けていた。


ヘリコがリボルノ市を翔《か》け発った。

ポールがチャーターしたヘリコであった。

ヘリコは癌病船に向かった。

癌病船は着船を拒否する。強引に着船する。キャプテン・白鳥には、逮捕、勾留権がある。その権利をおそらく白鳥は行使するにちがいない。人類の存亡を賭《か》けた何かに向けて癌病船・北斗号は突入しているのだ。そうでなければこの全世界を巻き込んだ騒然さはない。白鳥が殺すというのなら、殺されもする。ジャーナリストのポールはいのちを賭けていた。

——こちらは北斗号。接近中の民間ヘリコに告ぐ。ただちに旋回せよ。当船への接近はイタリア政府が禁止している。

無線が入った。

「わたしは、ジャーナリストのボブ・ポールだ。操縦士《パイロット》を拳銃で威嚇して貴船に向かっている。わたしは着船する。キャプテン・白鳥にお目にかかりたい。逮捕も射殺もわたしはおそれない」

癌病船への接近は厳禁されていた。パイロットと話し合ってヘリ・ジャックを装うことにしたのだった。

――強引に着船したら逮捕してイタリア当局に引き渡す。

「結構。その覚悟はできている」

ヘリコは癌病船の間近に来ていた。

Bデッキのヘリポートにヘリコは舞いおりた。

ポールは待ち受けていたクルーに逮捕された。

ポールは連行された。

そこはCデッキの会議室であった。十人ほどの男がテーブルに就《つ》いていた。顔見知りのゲリー・ハリソン病院長とキャプテン・白鳥鉄善《てつぜん》がいた。ポールは目を瞠《みは》った。

出席者の中に防毒マスクを被った男が二人いた。

「会議をはじめる。ポール君はそこで聴いていたまえ」

白鳥が告げた。

白鳥、ハリソン、ジョセフ・ヤング教授、ミラノ・コムーネ病院長のジョゼッペ・デミタ、ユーゲン・ライネッカ病理研究室長、レズリー・バーン病理研究室副室長の六人のほかに、スペインから戻ったばかりの三人の大工《カーペンター》が出席していた。

「イタリア国防省情報局、フォルラニ大佐のその後の調査で、クローチェ・スパドリヒが去年の二月二十五日にイタリアに入国したことがはっきりした。リビアから船で入国している。リビアには約三カ月間、滞在している。フランス対外情報機関《SDECE》からの情報によると、クローチェはリビア滞在の三カ月間をテロリスト訓練所に入っていた形跡がある。コロンボがその訓練所出身なのはほぼ、まちがいないとされている。訓練所を出たクローチェはコロンボを頼ってイタリアに入ったらしい。ソビエト側が情報を提供しないので詳細はわからない」

「つまり、こうですか」

関根が口を挟んだ。

「北海で国籍不明機に撃墜された輸送機は、ソビエト軍機にミサイルを放たれたと――」

「ＣＩＡは国籍不明機を追跡している。離発着基地を摑んでいる。アメリカとソビエトは事前に話し合ったものと思われる」

「輸送機で帰国中の八十六人の軍事顧問団は、クローチェ・ウィルスに汚染されていたと……」

「テロリスト訓練所に関係していたものと、ＣＩＡおよびＳＤＥＣＥは想定している」

「了解しました」

「クローチェは三年前の十二月十一日に、南アを出ている。クローチェがリビアに入ったのは南アを出た翌年の十一月二十日になっている。クローチェが南アを出国してからリビアに入るまでの約一年間が空白になっている。当北斗号は本日の正午に抜《スタン》錨《バイ》する。行先は中央アフリカのギニア湾だ。それに先立ってこの会議終了しだい、わたしと、ライネッカ室長、バーン副室長および三人のカーペンターは下船する。イタリア側の用意した特別機で南アに飛ぶ。クローチェ・ウィルスの発生地を、クローチェの一年間の空白を追うことで突きとめるのだ。ヤング教授。どうぞ」

白鳥はヤングにバトンを渡した。

「わたしが同行できればよいのですが、この防毒マスク姿では……」

ヤングの口調は、重かった。

「無念なことに、われわれは、クローチェ・ウィルスに敗れました。沈黙《サイレント》ウィルスは依然としてその素顔を覗《のぞ》かせません。実験動物を使っての病理研究にはすべて敗退しました。不顕性のスローウィルスと確定したのです。残された途《みち》はクローチェ・ウィルスの棲息《せいそく》地を突き止める努力のみです。わたしは、クローチェが南ア国籍だと知ったときに沈黙ウィルスの故郷をみた思いがしました。アフリカにはわれわれの知らないウィルスが棲息している可能性が高いからです。クローチェの足跡を辿《たど》る追跡隊には非常な困難が待ち受けています。クローチェ・ウィルスの棲息地を突きとめるだけでも容易ではありません。細菌は自然環境で増殖するがウィルスは感染でしか増殖しないからです。それに相手はスローウィルスです。追跡隊は科学の目ではみることのかなわない悪魔《デビル》を追わねばならないのです。わたしに助言できることはありません。ただ一つ、あるとしたら、それは、人類の叡智《えいち》です。人間の想像力です。目で見、耳で聴く自然から受けるインスピレーションです。わたしは、あなたがたがインスピレーションを神の啓示として受けるよう、神に祈らずにはいられません。あなたがたが敗れたら、欧州からアフリカ大陸には死の旋風が吹き荒《すさ》ぶのみです。だれにも止めることはできません。完全に門戸を閉ざした未汚染の国以外は、滅び尽きます。いまのわたしは科学に縋《すが》るより神に縋りたい思いです」

ヤングは、重い吐息を落とした。

「キャプテン」

ハリソン病院長が発言した。

「やはり、わたしも同行しよう。わたしが何かの役に立つかどうかは、わからない。しかし、わたしはここにはじっとしていられない。人類が勝つかクローチェ・ウィルスが勝つかの瀬戸際です。わたしは気が狂いそうだ」

「わかりました」

白鳥はうなずいた。

「発言させていただけませんか」

ポールが許可を求めた。

防毒マスクを被っているのがヤング教授とデミタ病院長だと知ってポールは愕然《がくぜん》とした。クローチェ・ウィルスに感染したのだ。となると、クローチェ・ウィルスは呼気感染だとなる。癌病船が敗れたという。ただごとではなかった。国境を封鎖し、自国機を撃墜してでも感染をまぬかれようとしている背景を知って、ポールは青ざめていた。

「発言はよいが、きみは当北斗号に監禁することになる」

白鳥の口調は冷たかった。

「そんなことは、どうでもよいことです。わたしを追跡隊に加えてください」

「そんな危険は、冒せない」

「ジャーナリストを廃業してでも、ですか」

「廃業か……」

ネコ科のけものの眸《め》になっているポールを、白鳥はみつめた。

5

二月十三日。

白鳥鉄善一行は南アのヤン・スマッツ空港に下り立った。

南アは秘密警察《ビューロ・オブ・ステート・セキュリティ》がある。

秘密警察のクルーガ准将が空港に出迎えていた。ＣＩＡから回されたアメリカ人、バリー・ジャクソンとクルーガ准将は一緒であった。ジャクソンはアフリカに詳しい上にスワヒリ語が自在に喋《しゃべ》れる。ＣＩＡが特別に差し向けた男であった。

一行は空港特別室に案内された。

「大変なお仕事です。大統領から援助を惜しまないようにと、申しつけられています」

クルーガ准将は一行に挨拶《あいさつ》をした。

クローチェ・ウィルスが欧州大陸とアフリカ大陸を滅ぼしにかかっている。クローチェ・スパドリヒは南ア国籍だ。責任の一端は南アにもある。それはともかくとして、クローチェは三年前の十二月十一日に南アを出てその翌年の十一月二十日にリビアに入っている。その間に約一年間の空白がある。クローチェ・ウィルスはその一年間の足跡のどこかに棲息していたことになる。クローチェはイタリアに渡ってから発病した。クローチェが感染したのだからクローチェに感染させた人間がいなければならない。

　感染者が南アに労働者として入国していないとはいい切れないのだ。南アにとっても深刻な問題であった。深刻な問題だが南アが協力できる範囲は極めて狭い。隣国とはどこも仲が悪い。アフリカ民族会議《ANC》のゲリラ組織に南アは悩まされている。ANCの拠点を叩くために南ア軍は隣国のそここに攻め込んでいる。仲が悪くなければどうかしている。だいたい、アフリカ中から嫌われているといってもよい。

　南アのパスポートだと入国を認めない国が多いのが現状であった。

「クローチェですが、南アを出てボツワナに入ったことまでは、突きとめています」

　クローチェは人種隔離政策《アパルトヘイト》に反対する地下組織に所属していることが曝《ば》れて、勤務する市立病院を追われた。クローチェは財産を処分して出国している。父母がイタリアからの出稼ぎ移民だから財産といってもたかがしれていた。クルーガの調べではクローチェの一年分の生活費になるかどうかの額であった。

リビアに辿《たど》り着いたのが約一年後だから、看護婦の免許を持つクローチェは通過国のどこかで働いていたのにちがいなかった。南ア国籍ではあるがＡＮＣに協力していたクローチェは黒人国では暖かく迎えられたはずであった。

ただし、クローチェにはスワヒリ語はわからない。母国語のイタリア語と南アのアフリカーンス語に、フランス語がすこし喋れるだけであった。

「いつ、出発しますか」

ジャクソンが訊《き》いた。

「都合がよければ、ただちに」

白鳥が答えた。

「隣国ボツワナとの国境まではヘリコを用意しています。そこから先はジープです。アメリカナンバーのを三台、用意してあります」

「感謝します」

映画などでみる狩猟案内人を思わせるジャクソンであった。四十前後の年頃にみえた。

ボツワナに入国したのは夕刻であった。

白鳥鉄善、ゲリー・ハリソン、バリー・ジャクソン。

ユーゲン・ライネッカ、レズリー・バーン、ボブ・ポール。

関根、倉田、鳥居。

三組を乗せた三台のジープは南アのヨハネスブルグからボツワナの首都ハボローネを結ぶハイウエイを北上した。

「CIAが全面協力態勢にある。通過国にある各国の大使館も協力を惜しまない。案外、クローチェの足跡を辿るのは、楽かもしれないぜ」

ジープのハンドルは鳥居が握っていた。

「でないと、大変な事態となる」

倉田。

ハイウエイは夕陽に染まってまっすぐにのびていた。

コロンボの鼬《いたち》野郎はスペインの内陸部に入った。クローチェの潜伏期間ははっきりしないが、コロンボは二次感染だから、いつ発病してもふしぎはないところに来ている。マイケル・スミソニアンとセーラは三次感染となる。

ハボローネには夜の八時過ぎに着いた。

一泊して翌早朝からきき込みを開始した。

病院関係とキリスト教関係が主なきき込み先であった。クローチェが働いたとすればキリスト教教会に頼った可能性が大だからだ。

夜になって、全員がホテルに集まった。

結局、その日はクローチェの足取りは掴めなかった。

足取りを掴むどころか追跡に就《つ》いたばかりで重大な問題に直面した。

ジャクソンとポールが政府関係を回った。問題はその政府関係にあった。全世界の政府首脳には国連の世界保健機関《WHO》からクローチェ・ウィルスの件が報告されている。クローチェ・ウィルスとの死闘に突入した癌病船に全面協力されたいとの要請も出されている。全世界の政府は協力を惜しまないとの前提が追跡隊にはあった。クローチェ・ウィルスは人類の生存権の前に立ち塞《ふさ》がったからだ。

だが、ボツワナの政府は協力を拒《こば》んだ。直截《ちょくせつ》に拒みはしないがそのかわり、いっさい動かなかった。警察と出入国管理局が全面協力すればなんとかなるはずであった。

「バカげている。ここの政府は自分で自分の首を締める気だ」

ポールが憤慨した。

「そういえば、アフリカのほとんどは、国境を封鎖していない」

ハリソンはおびえた眸《め》を白鳥に向けた。

南アだけは国境は封鎖に近い状態にあったが、ほかの国はどこ吹く風だ。

「もう一つの、クローチェ・ウィルスかもしれない」

白鳥。

「どういう意味ですか?」

ライネッカが訊いた。

「こういうことかもしれない」ジャクソンが引き取った。「アフリカの発展途上国はどこも貧しい。その上に政情が不安定だ。たいていの国は、内乱を抱え込んでいる。さらにその上に、アフリカ大陸深部では奇病は珍しくもなんともない」

「重大な問題だ」

ハリソンの声にはおののきがこもっていた。

想像もできなかった事態であった。ボツワナ政府はクローチェ追跡の協力を拒んだ。ジャクソンがいうようにアフリカ諸国は貧しい。内乱を抱えていない国はないといってよい。そして、たしかに難病・奇病には馴《な》れている。後天性免疫不全症候群《エイズ》も由来はアフリカだとされている。現在はザイールでサル天然痘《モンキーポックス》が発生し猛威をふるう気配をみせはじめている。天然痘ウィルスはヒト以外には常在しないとされていた。それがサルから分離されたのである。WHOはサル天然痘の押え込みに全力を投入している。エイズ以上に危険で全世界に蔓延《まんえん》する危惧《きぐ》が大だからだ。

ほかにもツエツエ蠅《ばえ》が運ぶ河川盲目症、ラッサ熱、アポロ病、アフリカ眠り症《トリパノゾーマ》、と難病・奇病の大半はアフリカが震源地になっている。

クローチェ・ウィルスに驚かない土壌は、アフリカ各国にはある。それだけではなくてどんなことになろうと驚いてはならない事情が、アフリカ各国にはある。クローチェ・ウィルスの震源地が自国だとなっては、政府が崩壊するからである。各国が国境を閉ざしたらたちまち脆弱《ぜいじゃく》な経済基盤は崩壊する。内乱の火の手は燃え拡がる。

クローチェ・ウィルスの死の猛威はかりに理解していても、政府の崩壊の前には影が薄いのである。それに、いつかはクローチェ・ウィルスも消え去るものと難病・奇病への馴れが、そう思い込ませている。

その意味では白鳥のいう〝もう一つのクローチェ・ウィルス〟であった。

認識が足りない。欧州各国が経済崩壊を覚悟で国境を封鎖し自国の輸送機を撃墜してでも生きのびようと必死なのが、まったくわかっていない。

――協力拒絶がボツワナだけでないとしたら。ジンバブエ、ナミビア、モザンビーク、ザンビア、アンゴラ、ザイール、赤道ギニア、タンザニア、ケニア、ウガンダ――ボツワナの周辺国だけでもうんざりするほどの国がある。

「時間がない」

焦躁に駆られた貌で、白鳥は一同を見回した。

「提案があります」

ポール。

「聴こう」

白鳥。

「AP、UPI、AFPなどの通信社の記者がたいていの国には派遣されています。事実を教えるわけにはいかないから、わたしの名前で賞金をかけてかれらにクローチェの足取りを探させたら、いかがです。かれらはその国のお偉方とは昵懇《じっこん》のはずです」

「名案だ、ポール君」

記者は、ネタを探すのが仕事。たしかに、その国のお偉方や自国の大使館、投資会社などに顔がきく。それに国際的に名の売れたジャーナリストのボブ・ポールの名前なら信用される。

「手配を急いでいただく」

ポールを同行させてよかったと白鳥は思った。

ＣＩＡは全面協力態勢にある。ＫＧＢもそうだ。アフリカの各国の旧宗主国であったイギリス、フランス、オランダ、ベルギー、ポルトガル、スペインなどの大使館および情報機関も協力態勢にある。だが、アフリカの小国に何人がいるかとなれば、心もとない。大使となると掛け持ちが多いのが実情であった。

追跡隊はザンビアの首都ルサカに入った。

二月十五日の夕刻であった。

ルサカのホテルに吉報が待っていた。

ザイール駐在のAP記者からポールに電話が入っていた。

ポールはその記者に電話をかけた。

ブライアン・グレイという記者だった。グレイは難なくクローチェの足跡を突きとめた。クローチェはザイールでキリスト教医療奉仕団に入っていた。クローチェは三年前の十二月十一日に南アを出ている。ザイールに入ったのが一月十二日。まっすぐにザイール入りしていた。キリスト教医療奉仕団に入って僻地《へきち》医療を手伝いながら九月いっぱいザイールに滞在していた。九月末に奉仕団を出て出国している。

グレイはそこまで調べていた。

追跡隊に明るさが戻った。

レストランでの乾杯となった。クローチェはザイールの僻地医療に従事していた。

クローチェ・ウィルスの巣窟を突きとめたにひとしかった。

——クローチェとは、どんな女だったのか。

白鳥はそれを思った。

南アではアパルトヘイトに反対してANCの地下組織に加盟していた。南アを出てザイールに入り、キリスト教医療奉仕団で働いている。信仰を持った芯《しん》の強い女に思える。そのクローチェとコロンボの結びつきが白鳥には理解できない。コロンボは思想も何もない冷酷非情の殺人鬼にすぎないのだ。ほかに生きかたはなかったのかと白鳥には気のどくに思えた。

「元気がないな、ハリソン」

ハリソンはグラスを持ったままで一点をみつめている。

「これから先のことを思うと、ね」

確実に死の転帰をとる沈黙《サイレント》ウィルスの巣窟はほぼ、つきとめた。

病理研究専門のライネッカ博士とバーン博士の出番だ。だが、容易ではない。ザイールにはWHOの監視チームが常駐している。サル天然痘だけではなくてザイールは恐怖の伝染病群が発生するところとして知られていた。

何年か前にはエボラ病が発生し死亡率八十八パーセントというおそるべき猛威をふるった。カトリック系の病院では十七人の職員のうちで十一名が死亡している。そのエボラ・ウィルスはどんな動物から伝染するのかいまもってまったく不明である。サル天然痘にはWHOとザイール政府に日本の専門家が招かれ解明に取り組んでいる。

砂漠化が進むアフリカにあって、ザイール北部は最後に残されたジャングル地帯で、秘境。そのジャングルに侵入して焼き畑農業をし、サルを捕えて食用にしている部族がある。飼育猿にも野生猿にも天然痘の発生例はない。宿主《しゅくしゅ》とウィルスは平和関係にある。サルを喰ったがための サル天然痘発生だとすれば、環境破壊の報いといえる。

クローチェ・ウィルスも同じジャングルに潜《ひそ》んでいた。

エボラ・ウィルスも同定できないでいる。エボラ・ウィルスは八十八パーセントの死亡率だがクローチェ・ウィルスは百パーセントの死亡率。

——はたして魔王《サタン》の貌がみられるのか。

戦いは緒《ちょ》についたばかりであった。

6

ザイール共和国の首都はキンシャサである。

三台のジープはキンシャサに入った。

国土の北部を赤道の通っているザイールは猛暑に包まれていた。年間平均気温が二十五度に平均湿度が八十パーセント。

キンシャサにあるキリスト教会に追跡隊は入った。

ラルフ・ケネス神父が一行を待っていた。

クローチェの所属していた医療班の班長がケネスであった。ケネスはクローチェ・スパドリヒが死亡したことは知らなかった。癌病船のキャプテンと病院長一行がクローチェの件で訪ねて来るときいて、驚いた。尋常ならざる一行の訪問であった。

「まことに勝手ですが、理由は申し上げられないのです」

ゲリー・ハリソンが挨拶のあとで切り出した。

「わたしたちは、クローチェがこのザイールにいる間、どこで何をしたかを詳細に知りたいのです。クローチェの行動が非常に大きな意味を持っていることだけは、申し上げられます」

「知っていることは、お話ししましょう」

「その前に一つうかがいますが、クローチェが去ってから今日までの間にあなたがたの関係者で発熱した者はいませんか。つまり、重い病気です」

「では、現在、この国に伝染病は発生していませんか。サル天然痘《モンキーポックス》は別にしてです」

「いいえ」

「きいていませんが……」

「そうですか」

そのはずであった。

この国にはWHOの監視員が常駐している。新種のウィルスによる病人が発見されたらただちにWHOに報告される。なんらかの理由でクローチェだけが感染して出国したのだ。

「わたしたちの班は、北部のモンガラ川流域を担当していたのです」

伝染病ときいて、癌病船スタッフがアフリカ大陸の中央部に踏み込んで来たわけがケネスには理解できた。非常事態と察した。本来ならWHOから派遣された病理追究スタッフが来なければならない。癌病船のゲリー・ハリソン院長直々とは、ただごとでない。

ザイールの国土の三分の一は、太陽光線を透さない大ジャングルである。北部がそうだ。東部の山脈群は万年雪をいただいている。そこから流れ出て大西洋に注ぐザイール川は、全長、四千六百七十キロでナイル川につぐ大河。全支流を併せると流域面積はアマゾン川に匹敵する。それだけに僻地《へきち》となれば手がつけられない。

雨季明けの五月までは、クローチェはキンシャサで医療奉仕に従事していた。モンガラ川流域に入ったのは五月の末であった。

住民はバンツー族が多い。スーダン系、ナイル系、ピグミー系、ハム系などがいるが少数民族であった。都市部での公用語はフランス語だが、奥地に入るとスワヒリ語、コンゴ語、リンガラ語などしか通用しない。それだけに医療からは見捨てられていた。いまだに病気を治すのは呪術師《シャーマン》の仕事であった。

六月から九月の末近くまでモンガラ川流域を回った。

クローチェは医療奉仕に熱心であった。奉仕だから教会から給料は出ない。食と住を教会は提供するだけだ。尼僧でもないのになかなかできることではなかった。たしか、二十六歳だとかいっていた。ケネスはこれからどうするのかと訊いた。母国のイタリアに渡って看護婦をつづけるとの答えだった。

ところが、クローチェはケネスにもだれにも無断である日、奥地で消えてしまった。

「消えた？　それは、どういうことです」

「わかりません」ケネスは首を振った。「わからないのです。まったく、理解できないのです」

奥地だから猛獣や毒蛇などが棲息《せいそく》している。事故に遇《あ》わせてはケネスの責任だからだ。ケネスは手分けをして捜させた。そうこうしているうちにクローチェがかなりな量の抗生物質を持ち出して消えたことが判明した。それがわかって、捜索は打ち切った。目的があって失踪したとわかったからだ。

ケネスはクローチェのために祈った。

必要なら、そういえば抗生物質は渡してやったのだ。クローチェは独自の医療奉仕を目指したにちがいなかった。奥地では換金はできないからだ。無事を、ケネスは祈った。無事でキンシャサに戻って来ることを祈らずにはいられなかった。

だが、それっきり、クローチェは戻らなかった。

ＡＰのグレイ記者からクローチェのことを訊ねられて、ケネスは驚いた。ケネスはクローチェは奥地で死亡したものとばかり思っていたのだった。

「まったく、思い当たるものはないのですか、その無断の失踪に」

ポールは訊いた。

「ございません。仲間のだれ一人として思い当たるものはないのです」

「その五月末から九月末までの間に、事件というか、変わったことはありませんでしたか」

ポールの記者魂が疼《うず》いていた。

「ございません」

「キンシャサに来てから奥地に向かうまでに、恋人というか、特別のボーイフレンドは出来なかったのですか」

「いなかったと思います。わたしたちは車を連ねて奥地に入って基地を設けますから、九月末まではずっとモンガラ川流域にいました」

「車も無くてジャングルで生活できると思いますか」

「不可能だと思います。ただし、クローチェは抗生物質を持っています。集落を伝い歩いて病気を治療してやれば、なんとかなったかもしれません」

「それにしても、腑《ふ》に落ちない失踪ですね」

「わたしも、ずっとそう思っておりました」

「ありがとう、神父」

ポールは握手を求めた。

ザイール北方のジャングルは急速な砂漠化の進むアフリカに残された最後の森といえる。

追跡隊はモンガラ川流域に入った。

ケネス神父が案内を買って出た。

モンガラ川はおびただしくあるザイール川の支流の一つであった。十月から五月は雨季である。追跡隊の入ったときには雨は中休みしていた。だが、モンガラ川は満々と水をたたえていた。

一般にジャングルには動物はすくない。動物のほとんどはサバンナに棲《す》む。ジャングルに棲むのは野牛、ゴリラ、チンパンジーなどの猿類で種類がすくない。鳥類や昆虫、爬虫《はちゅう》類は多い。

サル天然痘は猿がウィルスを持っていることがわかっている。サル天然痘は原住民の間に発生したから保菌動物が比較的に容易に発見された。八十八パーセントの死亡率を持つエボラ・ウィルスは媒介動物が何かいまだにわからないでいる。クローチェ・ウィルスも同じだ。クローチェの足跡をあまねく踏破したところで保菌動物《ウィルス・キャリアー》を発見することは可能ではない。死亡したクローチェの臓器等を実験動物に植えつけてもウィルスは貌を出さなかったのだ。かりに鼠《ねずみ》だとしてもその鼠を調べてもウィルスは貌を出さない。沈黙《サイレント》ウィルスの沈黙ウィルスたるゆえんだ。それに、クローチェの足跡を残したジャングルに棲息するすべての生物を捕獲して癌病船に運ぶことは不可能である。土中の生きもの、川に棲む生きもの、ダニの類《たぐい》から、蚊、蠅の類まで洗い浚《ざら》いとなると、手がつけられない。病理研究室をジャングルに移して、何年がかりに追究するほかに方法はないことになる。

ただし、ウィルス株を同定するまでに欧州とアフリカ大陸は死の旋風が荒れ狂う。疫学の第一人者であるジョセフ・ヤング教授はいった。人類の叡智《えいち》、人間の想像力に縋《すが》るほかにないと。アフリカの大地からインスピレーションを授かってもらいたいと。

追跡隊はその大地を読むために、ジャングルに分け入った。

この大地からだれが何を読みとるか――運命はそれにかかっていた。

ジャングルに分け入って三日目であった。

雨季だからそこここで川が氾濫《はんらん》して道が跡絶《とぜつ》している。一行はゴムボートに分乗しながら集落を訪ねていた。そのゴムボートを下りて畳んでいる最中にケネス神父が短い悲鳴を放った。カーペンターの鳥居が傍にいた。ケネスは左足のふくら脛《はぎ》を毒蛇に咬《か》まれていた。悪魔《デビル》！　とケネスは叫んだ。だれか足を切り落としてくれ！　とつづけた。鳥居が蛮刀を抜いた。よせと、ハリソンがその蛮刀を奪った。ハリソンは奪った蛮刀で大腿《だいたい》部の肉を叩き切った。動脈と静脈を切開してから、ハリソンはモルヒネを取り出した。

ポールが無線でキンシャサの教会を呼び出した。ヘリコプターの手配をたのんだ。

ハリソンは動脈と静脈を引き出して繋《つな》ぐ手術にかかっていた。

ケネスはあぶら汗を浮かべてうめいていた。咬まれたら数分以内に死ぬという猛毒を持った毒蛇であった。

白鳥はキャンプの支度を命じた。ヘリコにケネスを引き渡すまでは動けない。

ハリソンは表情一つ変えずに血管を繋ぎにかかっていた。体外に引き出した血管をビニールの管で繋いでいる。ジャングルでの応急処置はそれしかないが、みていて白鳥はあらためて医師という職業の存在感を思った。鳥居は蛮刀を抜いた。ハリソンが傍に居なければ鳥居はためらわずに両断にしていたはずだ。

ヘリコは翌朝になって飛来した。

発見しやすいように、キャンプは空地に張ってあった。ヘリコはキャンプの真上に来た。軍用の大型ヘリコであった。旋回に入っていた。

「散れ！　ジャングルに入れ！」

ふいに関根が叫んだ。

叫びながら関根は突っ走った。

待っていたようにヘリコに搭載した軽機関銃が唸《うな》りたてた。

ケネスを残して全員がジャングルに逃れた。

ヘリコがキャンプの傍に着地した。迷彩服を着た十二、三人の男が下り立ったのを白鳥はみた。全員がサブ・マシンガンで武装していた。

「連中を、殺《や》れるか」

白鳥は関根に声をかけた。

「やってみましょう」

関根は倉田と鳥居をうながした。

白鳥は残った者に遠くに散開して戦闘が終わるまで出て来ないように指示した。

ＣＩＡから派遣されたバリー・ジャクソンがカーペンターに合流した。

「なんという暴挙を――」

ポールの声がふるえていた。

「さあ、隠れたほうがいい。呼ぶまでは出ないことだ」

白鳥はポールを押しやった。

関根が異変を嗅《か》いだのはさすがであった。なみの神経の持ち主ではない男だ。武器は各自が拳銃を携帯している。関根、倉田、鳥居の三人がいればなんとか急場を切り抜けられる。しかし、それにしても理解しがたい暴挙だ。

この国の政府は内敵を抱えている。ブリュッセルで亡命反政府活動をつづけるグループが独裁体制打破を旗印に大同団結をし〝コンゴ民主回復戦線《FCD》〟を結成した。人民革命党《PRP》もＦＣＤに参加している。殺し合いのゲリラ戦はいまもつづいている。クローチェ・ウィルスの発生地とわかっては打撃を受ける。WHOは国境を閉ざすように要請するからだ。百パーセント死の転帰を辿《たど》るウィルスだとわかれば隣接各国のほうで競って国境を閉じよう。

そうでなくてさえ正体不明のエボラ・ウィルスやサル天然痘をかかえている国であった。

経済は銅、コバルト、ダイアモンド、コーヒーなどの輸出に頼っている。これが止まれば経済は短期日で崩壊に追い込まれる。

クローチェ・ウィルスは国の癌になりかねない。

それは、わかる。しかし、考えかたが逆だ。協力をこそしなければならない。ワクチンを造ることができたらクローチェ・ウィルスは封じこめられるのだ。この暴挙は自分で自分の首を絞めることになる。首都のキンシャサにクローチェ・ウィルスが潜入したらたちまちにして国は滅ぶのだ。WHOから全世界の国の首脳者に癌病船に協力するようにとの要請が出ている。白鳥たちは身分と目的をはっきり告げて入国している。この暴挙は人類への裏切りといってよかった。

ボツワナでの協力拒絶を白鳥は思い出した。

——死の旋風は防げそうにない。

絶望的だと、白鳥は思った。

この国の全面協力があったところでクローチェ・ウィルスの正体を突きとめるのは至難の業《わざ》なのだ。それを軍隊を差し向けられたのでは、どうにもならない。


関根は巨木に登っていた。

ジャングルには陽射しが透らない。七、八十メートルもの高さの巨木の枝が天蓋《てんがい》となって覆《おお》っているからだ。たいていの樹には蔓《つる》性植物が絡《から》みついている。太ももほどの太さの蔓だ。日光を求めて天蓋に出ている。天蓋で絡み合って樹と樹を繋いでいる。巨大な蔓のうねりだ。

倉田、鳥居、ジャクソンがつづいていた。

ヘリコをみていた関根は、ふいに網膜に血の色をみた。凶兆であった。吉兆は読めないが、凶兆だとあるていどまでは読むことができる。

癌病船の敗退であった。この国の政府は極秘裡《り》に癌病船一行を殺しにかかった。ジャングルだから鏖《みなごろし》にしてもだれにもわかりはしない。運よくだれも軽機の餌食《えじき》にはならなかった。先方がその気なら殺し合うまでだ。ただし、この殺し合いは何ものをも生み出しはしない。かりに勝っても、癌病船一行は国外追放になる。

関根は天蓋に出た。

「はじめようぜ」

関根は先頭に立って、天蓋にうねる蔓を渡りはじめた。名の知れない花が一面に咲いている。ジャングルは薄暗いが天蓋には烈日が降りそそいでいた。下からは関根たちの姿はみえない。上からは葉を掻《か》き分ければまるみえであった。

やがて先頭の関根が動きを止めた。

サブ・マシンガンを構えた数人の迷彩服が散開してジャングルを分けていた。

倉田、鳥居、ジャクソンの三人もそれをみた。

「おれは右端からはじめる。倉田は左だ。鳥居とジャクソンは中央からだ」

関根は拳銃を手にした。

ジャクソンにはこの距離では自信が持てなかった。だが、乗りかかった以上は撃たないわけにはいかない。サブ・マシンガンを持った十数人の兵隊を相手にただ三人でそれも拳銃で立ち向かうときいて、ジャクソンは呆《あき》れた。呆れたがジャクソンも参加した。ジャングルでの撃ち合いなら巨木の幹が弾除《たまよ》けに使えるからだ。天蓋から忍び寄って撃つときいて、また呆れた。悪くすれば蜂の巣にされる。こんな乱暴な男たちにははじめて出遇《であ》った。

白鳥は巨木の幹陰にいた。

カーペンター一行が天蓋を渡るのをみていた。知っているから注意深くみていれば移動がわかる。

六人の迷彩服がゆっくり、前後左右を警戒しながら進んで来ていた。白鳥から五十メートルほどに近づいていた。白鳥はカーペンターの腕に賭《か》けていた。カーペンターがしくじれば白鳥も殺《や》られることになる。こんなジャングルで犬死にはしたくないが賭けに出るしかなかった。ハリソン、ポール、ライネッカ、バーンの四人には殺し合いはできない。カーペンターたちが殺られたら全滅だ。白鳥が支援するしかなかった。

銃声が天蓋から湧き起こった。四人が撃っている。乱射音だ。白鳥は幹陰を出た。白鳥は突っ走った。迷彩服は六人とも撃ち仆《たお》されていた。走り寄って白鳥はサブ・マシンガンを奪った。一挺は肩にした。

白鳥は巨木の幹に入った。

ほんの一時《いっとき》、ジャングルを静寂が占めた。

拳銃の銃声はしたがサブ・マシンガンの軽快な乱射は湧いていない。仲間が様子をみに来るはずであった。

白鳥は待った。

また、迷彩服が六つ、ジャングルに入って来た。

仲間の射殺体をみた六人がおびえて後退《あとじさ》りをはじめた。白鳥は幹陰を出た。乱射音がジャングルを叩いた。天蓋からも立てつづけに銃声が湧いた。

白鳥は走った。残るのは一人か二人だ。ヘリコを翔《か》け発たせてはならない。ジャングルを走り出た白鳥をみてヘリコに残っていた男がロータを回しはじめた。白鳥の乱射で窓が砕け飛び、男がのけぞって倒れた。

ケネス神父は殺されずにいた。

「勝ったのですか」

ケネスには信じがたいことだった。サブ・マシンガンを持った十三人もの兵士を相手にして、どうやら鏖《みなごろし》にした様子だった。

「なんとか、ね」

白鳥はケネスの傍に腰を下ろした。

「連中は大統領護衛隊員です。隊長のケンゴ・バ・ルテテ大佐がいました」

「大統領護衛隊、ね」

「どうなるのでしょうか？」

ルテテ大佐は大統領の側近であった。ケネスの声はおびえに包まれていた。

「非は先方にあります」

「それは、そうですが……」

ルテテ大佐を殺されて大統領が黙っているとは思えない。

カーペンターにつづいて全員が戻って来た。

善後策が話し合われた。

「採るべき途《みち》は、幾つかある」

白鳥が切り出した。

癌病船が、ギニア湾に入っている。ヘリコを奪ってコンゴ、ガボン経由で帰船する。

ヘリコで全員がキンシャサに戻り、アメリカ大使館に入ってアメリカの強大な力を背景に大統領を説得する。

ジャクソンの操縦でポールとケネスがキンシャサに戻り、ケネスを入院させる。ジャクソンはCIAを動かし、ポールはアメリカ大使を通じてアメリカ政府に働きかける。残った者はクローチェの足跡を追いつづける。

「ただし、この国の大統領はいっさいを拒否しかねない。われわれを殺人者として正規軍を投入して来る危惧《きぐ》が否定できない。われわれを問答無用で鏖《みなごろし》にかかった暴挙をみても、それは、うなずける」

キャプテンとして白鳥は、一行をぶじに連れ戻さねばならない責任がある。特にハリソン、ライネッカ、バーンの三人は癌病船になくてはならない人物であった。

「もう一つの方法がある」

関根。

「どういう方法かね」

「われわれ、カーペンター三人とジャクソンを残して他はすべてヘリコで北斗号に引き揚げる。クローチェの足跡はわれわれが追跡する。ただしスワヒリ語の話せるジャクソンは必要です。たしかに、この国の政府は信用はならない。しかし、われわれは、屈しはしない。北斗号の名において、屈伏はできない。北斗号が諦《あきら》めたら、死の旋風が吹き荒《すさ》ぶのです。正規軍を投入するのならしていただく。われわれはそんなものにおびえるほど腰抜けではない。幸いなことにというか、動物実験とかそういうことの必要がなくて足跡を追うだけなら、われわれでできる。インスピレーションを得るかどうかは、別ですが」

「よくいってくれた。わたしが一緒に残ろう。必要とあらば地獄に向かってでも北斗号の航行をつづけると、わたしは約束した」

白鳥。

「わたしも、残ります」ハリソンがつづいた。「ヤング教授とデミタ院長にいつまでも防毒マスクはかけさせておけない。わたしは医師です。クローチェ・ウィルスを前にして、敵前逃亡は、許されない」

「同感です」

ライネッカとバーンがつづいた。

「では、こうしたらどうです」

ジャクソンが折衷《せっちゅう》案を出した。

「わたしとポールで神父を運ぶ。わたしはＣＩＡ要員です。それなりの打つてがあります。ポールは大ジャーナリストです。この国の政府に正面切って抗議ができます。ポールをどうにかすることはできません。アメリカその他を動かすのはＷＨＯがやるでしょう。わたしはすぐに戻って来ます」

「ジャクソンの案に賛成です」

ポールが締め括《くく》った。

「癌病船が航行をやめたら、人類のともした灯は消え、世界は暗黒に戻ります。クローチェ・ウィルスの支配下に入るのです」

何がなんでも、クローチェ・ウィルスはねじ伏せねばならない。それには癌病船・北斗号が戦いつづけるしかなかった。ねじ伏せるだろうとポールには思えた。キャプテンをはじめクルーも医師団もいのちを捨ててかかっていた。強引にだが癌病船に着船できたことにポールは感謝していた。

世界史の裏面の真っただ中にポールはいた。

第三章　ジャワラの森

1

ヘリコプターは首都のキンシャサには向かわなかった。

ケネス神父の主張で近くのボンド市に向かうことになった。ケネスは主張した。いかに大ジャーナリストのボブ・ポールであろうと、政府にかけ合ってこの国の政府が納得するはずはない。癌病船一行と承知の上で鏖《みなごろし》にかかったのだ。その事実を覆《おお》うためにも知らぬ存ぜぬで押し通す。

世界保健機関《WHO》にはケネスが連絡をとる。

ＣＩＡ要員のバリー・ジャクソンは首都に戻らなくても無線でＣＩＡに連絡がとれ

る。

ジャクソンがいなくなったら原住民との会話が跡絶《とだ》える。スワヒリ語が通じないからだ。クローチェ・ウィルスの件を知ったケネスには自分のことはどうでもよかった。それに癌病船院長、ゲリー・ハリソンの応急手当てを受けてもいた。

ケネスの主張が通った。

ボンド市まではヘリコプターなら一跳びであった。

ジャクソンがケネス神父を乗せてヘリコはジャングルを翔《か》け発《た》った。

癌病船・北斗号キャプテン、白鳥鉄善一行はジャクソンの帰りを待った。

イツリの森に向かう予定であった。

イツリの森はザイールの北東部とウガンダの国境近くにあるアフリカでも数すくないジャングルであり秘境であった。学者はジャングルはアジアと南アメリカにしかないという。イツリの森はマホガニー、黒檀《こくたん》、レッドシダ、クルミ、ゴムなどの大樹で覆われている。ヤシが繁茂し、カズラ、気根《きこん》植物、コケ類などが陽を透さないまでに覆っている大ジャングルであった。

イツリの森にはムブティ・ピグミーがおよそ四万人ほど住んでいるとされていた。

クローチェ・スパドリヒの消息をイツリの森に求める旅であった。

クローチェはモンガラ川の上流で行方を絶っている。モンガラ川の支流を溯《さかのぼ》るとイツリの森に入ることになるのだった。


二月二十五日。

一行はイツリの森に向けて出発した。

ヘリコはロータを破壊して捨てた。ふたたび空から襲われてはかなわないからだ。

出発して二日目に先頭に立って道を拓《ひら》いていた三人のカーペンターが叫び声をきいた。声をたよりに接近するとバンツー族らしい若者が腹を抱えて蹲《うずくま》っていた。口から泡を吹いてうめいている。黒い肌が苦悶《くもん》のあぶら汗でねばっていた。

ハリソンが若者を診《み》た。触診では内臓にこれといった異常はなかった。胃がすこし固い。胃痙攣《けいれん》のように思えた。とりあえずモルヒネを注射した。

若者というよりは少年といったほうがよい年頃にみえた。

少年はバヌブと名乗った。

バヌブは魔法を使われたと思ったようだった。腹痛がもののみごとに消えたからだ。

病気になると呪術師《じゅじゅつし》が登場する。祈禱《きとう》する。投薬する。しかし、めったに効《き》くことはない。

「どこの村の者か」

ジャクソンが訊《き》いた。

ジャクソンは笑っていた。バヌブは驚愕《きょうがく》から覚めないでかえってぼんやりした表情になっていた。原住民には薬は奇蹟としか思えないほどに効く。奥地に向かうときにはだからジャクソンは何種類かの薬を持って出る。呪　医《ウイッチドクター》はひとびとを不幸、災難、危害から守る。白呪術《ホワイトマジック》は集団催眠といってよいものだし、対抗呪術《カウンターマジック》は呪《のろ》われた人物もしくは集団からその呪いを解くための呪術である。

物理的にはどれも効きはしない。精神的には効く。呪われたと思って身動き一つできなくなる者がいる。実際に死ぬ。呪医が呪いを解いてやればたちまち恢復《かいふく》する。

ザイールの奥地に棲《す》む原住民はそこにある山々に決して名をつけない。名を呼んだら雨が降る、指差したら死ぬと信じられている。それほど貧しい。貧しいが気力に充《み》ちている。首を垂《た》れたり背を曲げたりしたら病気になる。重いキャッサバを頭にした女でも笑っている。生命力が何にも増して必要なことを承知しているからだ。バンツー語では生命力《ムントゥー》という。

「ギルバ村です」

「白人は、はじめてかね」

「前に、一人だけ、みたことがあります」

バヌブはどうにか、快活さを取り戻していた。

「どこでみたのか」

「村にやって来た。ドクターといった。そのドクター、村の者を大勢、たすけたそうです」

熱病がはじまり、拡《ひろ》がって大勢が倒れた。全滅かとおののいていたところへ村の若者が膚《はだ》の白い女を案内して戻った。若者は救援を求めに町に向かったのだった。運よく途中でドクターに遇《あ》ったのだという。

バヌブが十二歳のときのことだから二年ほど前になる。

「そのドクターの名前は？」

ジャクソンの口調が変わっていた。

「だから、ドクターです」

「きみの村に案内してくれるね」

ジャクソンはバヌブの手を握った。

「クローチェの足取りが、わかりました」

ジャクソンは一行に告げた。

「クローチェの足取りが！」

何人かが同じことばを口にした。

「この少年はバヌブで、ギルバ村に住んでいます。クローチェはそのギルバ村を訪ねています」

ドクターと名乗る女は一人で村に入っている。たった一人で奥地に入る医師はいない。しかも救援を求めに出た若者が途中で出遇っている。二年前の出来事だという。クローチェがケネス神父の医療隊を抜けたのが二年前の九月末。クローチェは多量の抗生物質を持って出た。ギルバ村の熱病は女のドクターに救われている。

「ついに、やったか！」

白鳥の声が高かった。

かすかな爆音がきこえた。

「バヌブの案内で避難だ。敵かもしれない」

白鳥が指示した。

爆音はモーターボートのもののようであった。

白鳥、ジャクソン、ハリソン院長、癌病船病理研究室長ユーゲン・ライネッカ博士、同副室長レズリー・バーン博士、ボブ・ポールの六人はバヌブの案内で森に分け入った。

大工《カーペンター》の鳥居、倉田、関根の三人は残った。

大統領護衛隊から奪ったサブ・マシンガンがある。

間もなく高速艇がやって来た。海軍の高速艇であった。この国には海はないが海軍は六百名が存在する。川と湖の警備に就《つ》いている。二十数名の兵隊が乗っていた。重機関銃が二門、岸に向けられている。兵は全員が自動小銃を手にしていた。

「やるか」

鳥居。

「執拗《しつよう》な連中だが、ま、やめておけ」

関根が制した。

やってやれないことはない。先制攻撃をかけたら鏖《みなごろし》にできる。ただし、そうなると完全な戦争になる。大統領護衛隊十三人を鏖にしてヘリコを破壊している。その上に正規軍まで殺すのはすこしばかりどうかという気がする。大事を控えている立場でもあった。

高速艇はゆっくり、遠ざかった。

夜になってギルバ村に入った。

ジャングルを伐《き》り拓《ひら》いて造った寒村であった。

バヌブが救《たす》けられた事情を知って、ククンガ族長はヤシ酒を出した。油ヤシの樹液からつくる酒だ。午前中に葉の根元に傷をつけて瓶《びん》を差し込んでおく。樹液が溜《た》まりながら醱酵《はっこう》してドブロクになる。夕方に瓢簞《ひょうたん》で回収して回る。

ジャクソンが、女のドクターのことを訊いた。

「ドクター・クローチェは、われわれの大恩人です」

ククンガは明快に答えた。

吐き気と悪寒《おかん》を伴う熱病が発生した。村人の八割方がやられた。部族存亡の危機であった。ツシという若者を町に向かわせた。そのツシがドクター・クローチェを連れ戻った。ドクター・クローチェはツシを道案内に借りたいと申し出た。ドクター・クローチェはツシを道案内に借りたいと申し出た。ドクター・クローチェの薬で村は救われた。ドクター・クローチェは片言のバンツー語が理解できた。イツリの森の向こう側に行くのだという。ククンガはツシを道案内につけた。ツシもドクター・クローチェもそのまま戻らなかった。

「どうして、ドクター・クローチェはイツリの森の向こう側に行ったのですか」

「呪師のカンゴロが教えた。イツリの森の向こうに、そりゃひどい病気を持った一族があると。百年に一回、部族が死に絶えかけそうになると、カンゴロが教えた。カンゴロはなんでも知っていた」

「そのカンゴロは、どこにいます」

「カンゴロは熱病で死んでしもうた」

「カンゴロのほかに、だれかその一族を知っていますか。部族の名前とか、土地の名前とかを」

「だれも知っとらん」

「カンゴロはなぜ、知っていたのですか」

「わしは知らんし、だれも知らん」

「ドクター・クローチェは、カンゴロから、その部族名を教えられたのですか」

「わしは知らんし、だれも知らん。わしはドクター・クローチェにいった。そんなところには行かんほうがええと。じゃが、行ってしもうた」

ククンガは早口で鳥が囀《さえず》るように喋《しゃべ》った。

ジャクソンは一行に通訳した。

「イツリの森の向こう側というと、どのあたりになるのかね」

白鳥が訊いた。

「問題はそこです」

イツリの森は広大である。

ギルバ村から向こう側といえばたいていの方角があてはまる。向こう側はおおざっぱだからだ。イツリの森はザイールの北東部に位置していてウガンダとスーダン、そしてアフリカ共和国の一部と国境を接している。ウガンダかもしれないしスーダンかもしれない。あるいはアフリカ共和国ということもあり得る。

「弱ったな」

白鳥がつぶやいた。

幸運にもクローチェの足跡を摑《つか》んだ。バヌブに遇えたのは光明であった。まだ癌病船には余命があった。クローチェ・ウィルスに敗れたわけではないとの思いがだれの胸にもあった。イツリの森に足跡を求めるといってもそれは茫乎《ぼうこ》としたものであった。加えてこの国は正規軍を投入して迫害に出ている。死の大旋風をひかえているから希《のぞ》みの無いにひとしい旅にも旅立たねばならなかった。だからこそ、バヌブのもたらした光は巨《おお》きかった。

しかし、その光は搔《か》き消えたも同然であった。

イツリの森の彷徨《ほうこう》が待っていた。

2

アフリカ共和国。

三月五日。

クレマン・グルロンブ大統領は隣国大統領からの電話に出た。

グルロンブは大統領補佐官リエック・ヤンバラを呼んだ。

癌病船・北斗号がギニア湾に入ったことはグルロンブは承知していた。癌病船がクローチェ・ウィルスの郷里を追究していることも承知していた。WHOから全世界の指導者にクローチェ・ウィルスの説明があり、根絶に協力を求められているからであった。

「容易ならない事態となった」

グルロンブは声をひそめた。

隣国ザイールは難病・奇病を生むウィルスの棲息地《せいそく》としてWHOから派遣された監視員が常駐している。これまでに存在しなかったサル天然痘《モンキーポックス》やエボラ病が発生したのはつい最近のことである。

クローチェ・ウィルス追跡隊がザイールに入ったことは、グルロンブは承知していた。たぶん、隣国で発見されるものと思っていた。

ところが事態はとんでもないことになっていた。

隣国はクローチェ・ウィルスの郷里だと発表されるのには我慢がならなかった。アフリカ中央部の各国は難病・奇病には馴《な》れている。WHOや医療先進国などの協力でいつの間にか難病も奇病も消えてしまうからだ。だが、クローチェ・ウィルスだけはそうはいかない。いったん目覚めたら死の大旋風を巻き起こす。そして、現実にその事態となったら、隣国は崩壊する。隣接各国が競《きそ》って国境を閉じるからだ。

隣国は追跡隊をひそかに抹殺《まっさつ》にかかった。

現実にはアフリカのどこにもクローチェ・ウィルスは貌《かお》を出してはいない。暴れているのは、ヨーロッパ大陸だ。なのに癌病船追跡隊は隣国に侵入して来た。隣国にとっては〝侵入〟であった。追跡隊をジャングルで屠《ほふ》ればじきに跡形も無くなる。何事もなかったで済む。

ところが、暗殺に出た大統領護衛隊十三名が逆に鏖《みなごろし》にされた。

代わって、海軍が攻撃に出た。

海軍はギルバ村で追跡隊の足跡を突きとめた。追跡隊はイツリの森の反対側に向かったという。海軍はピグミー族を雇って追わせた。ピグミー族は森の狩人だから足跡が読める。

クローチェ・ウィルス追跡隊はウガンダでもスーダンでもなくてアフリカ共和国に入っていた。

「このあたりだ」

グルロンブは地図を指した。

アフリカ共和国の南部国境に近い、ボミュー川の上流あたりであった。国境の向こうにはイツリの森がある。

「非常事態ですな」

ヤンバラ補佐官は青ざめていた。

「そうだ。まさに、非常事態だ」

クローチェ・ウィルス追跡隊が入ったという事実は、クローチェ・ウィルスの発生地がアフリカ共和国だということになる。正規軍とでも戦う鋼鉄の意志を持った男たちだ。それに超一流の医学者揃《ぞろ》いだ。追跡をまちがえてアフリカ共和国に入ったわけではない。

「南部憲兵隊は、ラウイリ大佐が率いています」

ヤンバラはグルロンブをみつめた。

憲兵隊は東部、西部、南部、北部と分かれて治安維持に就《つ》いている。憲兵隊の一部をひそかに派遣して癌病船追跡隊を抹殺するか、公式に派遣して、逮捕・国外追放にするかだ。追跡隊はビザを取得せずに密入国している。いってみれば、侵攻にひとしい。

アフリカ共和国は誕生して間がない。暴虐無類の皇帝を追放して国造りに取りかかったばかりだ。ダイアモンド、銅、鉄などを産出するほかにはみるべき産業がない。経済状況は悪化の一途だ。最近はウラン鉱脈が発見されて見通しは明るくなっている。だが、クローチェ・ウィルスの郷里とわかれば、国家は崩壊しかねない。隣国と同じだ。どこの国にしろ、置かれる立場はまったく同じになる。この国にも反政府勢力はある。

「ラウイリ大佐を即刻、派遣せよ。公式にだ。密入国として全員を逮捕・監禁する。正式に裁判にかけたのちに国外に追放する」

グルロンブは肚《はら》を括《くく》った。

「フランスが黙ってはいないと、思いますが……」

旧宗主国のフランスとは友好関係にある。現在も約千五百名の軍隊が駐留している。そのフランスはクローチェ・ウィルスの感染者をかなり抱えている。

「しかし、かといって、抹殺はできまい」

「わかりました」

「急げ」

フランスは癌病船追跡隊の即時釈放を要求して来る。死の大旋風を自国が抱えているからだ。だが、屈しはしない。属国ではないのだ。密入国者を逮捕して法の裁きによって国外追放処分にするのは国権の行使である。軍隊を引き揚げるのならそれも構いはしない。反政府分子は戒厳令を布告して押え込むまでのことであった。

クローチェ・ウィルスの郷里とはもってのほかである。

アフリカ大陸の中心に位置する国として観光客の落とす外貨は貴重な財源なのであった。

三月七日。

癌病船追跡隊はジャワラの森に布陣していた。

ジャワラの森がクローチェ・ウィルスの発生地であった。ほぼ、まちがいなかった。

追跡隊はギルバ村でバヌブを案内人に雇ってイツリの森に入った。イツリの森にはおびただしい部族のピグミーが棲んでいる。一部族で三、四十人単位のピグミーがおよそれら四万人も棲みついている。部族同士にあまり交流はない。殺人部族としておそれられている部族、太古の昔から文明に接したことのない部族なども存在するとのことであった。イツリの森ではつねに声高《こわだか》に話しながら歩かねばならない。どこから毒矢が飛来するかわからないからであった。

数多い部族に白人女性の消息を訊きながら追跡隊はイツリの森を分けた。ある部族の族長がジャワラの森のことをきいた記憶があるといった。邪悪な森でその森にはコイサン族の村があるはずだ。何十年に一度だかに大地の神が怒ってほとんどの村人を殺すといわれている村だという。

ギルバ村の長は百年に一度といった。符合する。追跡隊はジャワラの森を目指してイツリの森を渡って来たのだった。ジャワラの森はジャングルではなかった。草原の混じるふつうの森であった。コイサン族の村があるはずだといったが、村はなかった。捨てられていた。村の残骸は残っていた。草葺《くさぶ》きの家々が枯れて朽《く》ちたようになって残っていた。

ジャワラの森に着いたのは昨日であった。

ＣＩＡから派遣されたバリー・ジャクソンは今朝早く森を出て首都のバンギに向か

った。バンギにはフランス軍が駐留している。アメリカ大使は常駐はしていない。フランス駐留軍司令官を通してこの国の滞在許可を取り、テント、食糧、車、動物飼育セットその他の厖大《ぼうだい》な品物を現地に運び込まねばならない。実験器具その他はヨーロッパから空路で運び込まれることになっていた。

カーペンターの鳥居、倉田、関根の三人は朝から周辺調査のために出た。

ジャワラの森ではイボイノシシやヌー、数種類の猿などをみかけた。蛇類や鳥類は結構、多かった。サバンナでは羚羊《れいよう》の類《たぐい》が群れていた。

「問題は、これからだ」

関根が足を停めた。

癌病船いまだ老いずの気概に支えられて、どうにか、クローチェの足取りは摑んだ。このジャワラの森にクローチェはバンツー族の若者、ツシの案内で来たにちがいない。ただし、その頃にはここの村は死に絶えていたか死に絶える間際だった。家々の残骸がその歳月を物語っていた。

南アからここまで辿《たど》る行程は、ただごとではなかった。決死行といえた。肉薄の気概がなければとうてい為《な》し得ない進撃であった。進撃といえた。クローチェ・ウィルスに肉薄して撃破するか撃破されるかの人類の生存を賭《か》けた進撃であった。

だが、ほんとうの戦いはこれからはじまる。

貌《かお》を持たないクローチェ・ウィルスはこの邪悪なジャワラの森に息づいている。動物、小動物、昆虫、土壌動物、水中動物、鳥類と限りのないほどの生きものを使っての実験が開始される。ただし、癌病船病理研究室でのいかなる実験動物にも貌を出さなかった沈黙《サイレント》ウィルスは、ここでも貌は出すまい。出すものなら癌病船で正体を暴《あば》かれていなければならない。

——アフリカの大地から神の啓示《インスピレーション》を。

疫学《えきがく》の世界的権威、ジョセフ・ヤング教授は、そういった。人類の想像力が勝つかクローチェ・ウィルスが勝つかのどちらかしかないことを、ヤング教授は看破していた。

「たとえば、そこの蠍《さそり》だ。あいつをみて、何か思うか」

関根はサソリに砂を投げた。

「やつは、おれを刺したがっている。木は木、水は水、サソリはサソリにしか、おれにはみえない。弱ったことだ」

鳥居が笑いだした。

「おれも、それで弱っている」

関根。

「インスピレーションは学者に任せようぜ。おれ――おい！」

倉田は立った。

森の縁《ふち》をバヌブが懸命になって走って来ていた。バヌブは息を切らして走って来た。早口にバヌブはバンツー語でまくしたてた。大勢、全部、車と三つのことばだけは理解できた。バヌブは全部といって手錠をかけられた手振りをした。

倉田が棒切れを与えて砂に絵を描くようにいった。

バヌブは九台のトラックが兵隊を満載してやって来た絵を描いた。テントの傍に人間が五人。その五人が手錠をかけられてトラックで連れ去られた絵で、終わった。

白鳥鉄善、ゲリー・ハリソン、レズリー・バーン、ユーゲン・ライネッカ、ボブ・ポールの五人であった。

「この国もか！」

倉田。

「野郎！　しかし、どうする？」

鳥居は関根をみた。

「行こう。バンギだ」

関根は西を指して踏み出した。

首都に向かうしかなかった。白鳥は癌病船キャプテン。ハリソンは癌病船病院長。ポールは世界に名の知れた大ジャーナリストだ。ライネッカとバーンも医学界では名の知れた病理学者であった。手錠とは、ただごとではない。

フランス軍にかけ合うしかなかった。

「待ち伏せているかもしれないぜ」

鳥居。

「おそらくな」

どこまで無神経なのかと、関根は思う。

3

ボルドー、メリニャック空港。

メリニャック空港はフランス南部にある。

三月九日。

空港警備員のシュベーヌマンは朝から呆《あき》れ顔でいた。

シュベーヌマンは最古参の警備員であった。

午前七時にエールフランス特別機が到着した。

午前八時に英国航空。

午前八時三十分にはルフトハンザドイツ航空。

午前九時にイスラエル航空。

最後の午前九時三十分にはパンナム航空。

国境閉鎖が解けたのかとシュベーヌマンは思った。そうでない証拠に空港関係者には箝口令《かんこうれい》が出ていた。

入国手続きも何もしないで各国機から下りた男たちは機に横づけされた黒塗りの車でいずこともなく走り去った。各国機はつぎつぎと空港を翔《か》け発って、消えた。

ラゴンの町にある山荘。

フランス。
フランス国防大臣、ガストン・マルシュ。
フランス陸軍海外派遣部隊参謀長、エベール・ルディ中将。
フランス陸軍アフリカ共和国駐留軍司令官、ピエール・バリアニ大佐。
フランス対外情報機関《SDECE》作戦部長、ロラン・エルニユ。

アメリカ。
CIA長官、マイケル・コープ。
特殊作戦部隊《SOF》司令官、ジョン・バンクス准将。
第一特殊部隊軍司令、ドナルド・ケリー大佐。

イギリス。

イギリスＳＴＳ首席連絡官、キム・バーゲス。

イギリス秘密情報部《SIS》長、ヒュー・エスコット卿。

イギリス国防省情報局長官、アルフレッド・トムソン卿。


西ドイツ。

西ドイツ連邦情報局《BND》局長、フリードリッヒ・ウィンドレン。


イスラエル。

モサド中央情報局長官、モルディハ・アレンス。

ハヘブト隊長、エゼル・ホロビッツ中佐。

五カ国から十三人の男が山荘に集まった。壁にアフリカの大地図が貼ってある。

「おわかりのことと思いますが、一応、説明します」

アフリカ共和国から急遽《きゅうきょ》、帰国したバリアニ大佐が立った。

「正規軍は二千三百人です。大半が陸軍で首都のバンギ周辺に三カ所とバイボクーン、バタンガフォーにそれぞれ一個小隊規模の機械化部隊が配備されています。空軍は三百人で作戦機は二機です。癌病船のクローチェ・ウィルス追跡隊は〝宮殿の村〟に軟禁されています。憲兵隊による警備は厳重です」

つづいてマルシュ国防大臣が発言した。

「急報を受けて、わたしは大統領と相談しました。わが国がアフリカ共和国に圧力をかけて追跡隊を釈放させることは容易です。ですが、それではなんの解決にもなりません。追跡隊を国外追放処分にして、再入国は認めないからです。人口の八十七パーセントは農業に従事していてなお国連食糧農業機関《FAO》から食糧危機状況国の一つに指定されている貧しい国です。最近は北朝鮮、中国などから援助を受けて親西側国から脱却しつつあります。そうした背景があってクローチェ・ウィルスの郷里国とは絶対に認めるわけにはいかないのです。認めたら、政変は必至です。そこで、われわれに残された採《と》るべき途《みち》はただ一つとなったのです。われわれには全力を挙げて癌病船の戦闘を支援しなければならない義務があります。ただちにです。そうでなければ明日にもヨーロッパ大陸にクローチェ・ウィルスは猛威をふるいはじめるのです。そうなっては、われわれには救いが無いのです。幸いというか、追跡隊はクローチェの足跡を追ってジャワラの森に立ったのです。ジャワラの森こそがクローチェ・ウィルスの棲み家だったのです。ヤング教授はいっています。クローチェ・ウィルスの棲み家を発見したとしてもその貌をみるには人類の叡智《えいち》が必要だと。もはや、一刻の猶予《ゆうよ》もなりません。すみやかに、作戦を樹《た》てていただきたい」

マルシュは会議の主宰者であった。マルシュの挨拶を受けて作戦会議がはじまった。

首都、バンギ。

三月十一日。

クレマン・グルロンブ大統領は執務室に補佐官のリェック・ヤンバラを呼んだ。

「いったい、どういうことになっとるのだ」

グルロンブは焦躁《しょうそう》に包まれていた。

癌病船追跡隊を逮捕したのが三月七日。CIAエージェントのバリー・ジャクソンも逮捕した。三人のカーペンターは逮捕し損ねたままになっていた。三人のカーペンターは癌病船を守る戦闘要員だ。襲撃に備えて〝宮殿の村〟は憲兵隊に厳重警戒を命じてあった。

まずは、フランス。つづいてWHO、西側諸国と厳重の抗議が来るものとグルロンブの大統領府は待ち構えていた。それがどこからも何も言って来ない。千五百名の駐留軍隊を持つフランスでさえ、一言の抗議もない。それどころか駐留軍司令官のピエール・バリアニ大佐は追跡隊逮捕の翌々日にはさっさと本国に帰ってしまった。

「情報が、どこからも入って来ません」

ヤンバラはおびえていた。

アフリカ共和国には情報局というものはない。出先の大使館や友好国からほそぼそと入るだけだ。追跡隊を逮捕してからはそのルートさえ沈黙してしまった。隣接各国に情報の提供を要請しているが返答すらない。大統領護衛隊を出して追跡隊の暗殺にかかったザイールさえ、いまは沈黙している。

全世界が押し黙ったままだ。

「陰謀かもしれないぞ、ヤンバラ」

「その懸念《けねん》は充分にあります」

たよりにしている北朝鮮と中国からもなんの情報も入らない。

「首都に、戒厳令を布告するか」

グルロンブの声がおののいた。

正規軍は二千三百人。陸軍が二千人に空軍が三百人。

陸軍は連隊司令部一個、機械化大隊一個、歩兵大隊一個、工兵中隊一個、通信中隊一個、輸送中隊一個から成る。

T55戦車四輛、装甲戦闘車三十六輛、迫撃砲十二門、一〇六ミリ無反動砲十四門、河川哨戒艇《しょうかいてい》九隻を擁している。

空軍は作戦機二機、対ゲリラ戦機二機、輸送機十五機、ヘリコプター五機から成る。

ほかに準軍隊が約一万人。

大統領護衛隊五百名。

憲兵隊四個、地域軍七百名。

共和国防備隊七百名。

国家保安青年先鋒《せんぽう》隊八千人。

ただし、国家保安青年先鋒隊は武装はしていない。訓練だけだ。

内乱に備えた軍隊といってよい。外国との戦争に備えるには貧弱すぎる。大統領府を守るのが精いっぱいであった。それですら国家経済を圧迫している。軍隊などは無いに越したことはないが、そうなると大統領府は一日として保てない。

グルロンブに失脚の危機が迫っていた。

ヤンバラは自宅に向かった。

途中でヤンバラは車を停めさせた。

フランス駐留軍司令官のバリアニ大佐が高級レストランに入るのをみたのだった。

――バリアニ大佐が戻っている。

悪寒《おかん》に似たものをヤンバラはおぼえた。

本国から戻りながらバリアニは癌病船追跡隊逮捕には一言も触れずに、何喰わぬ貌で高級レストランに入っている。悪寒はそこから来ていた。

ヤンバラは車を発進させた。

ラジオに臨時ニュースが入った。

――本日、午後四時。隣国カメルーン国営放送が告げたところによりますと同国反政府組織KMCがわが国西部国境から出撃してボアボア地方一帯を制圧した模様です。このため同国軍は歩兵大隊二個、装甲車大隊一個、落下傘コマンドウ大隊一個を緊急出撃させました。なお、軍当局はKMC追撃のためには国境を越えることも辞さないとの強硬声明を発表しています。

「車を大統領府に戻せ！」

ヤンバラの声はおののいていた。

カメルーンのKMCにボアボア地方を制圧する力などはない。口実だ。カメルーンはフランスと同盟関係にある。強力な軍隊を有するカメルーンが、越境の肚《はら》を固めたのなら、もうどうにもならない。

グルロンブ政権は崩壊したも同然であった。

世界の沈黙の意味がようやく、わかった。

グルロンブのとった処置は正しかった。癌病船追跡隊は不法入国している。それにクローチェ・ウィルス発掘だなどと仰々しいことをやられてはたまったものではない。

だからこそ、ザイールは暗殺隊を差し向けたのだ。

――だが、何かを読みちがえていた。

世界がアフリカ共和国を潰《つぶ》しにかかった。一国を潰してもやらねばならない重大事のようであった。

午後四時三十分。

グルロンブ大統領は全国に戒厳令を布告した。

同時にカメルーン軍の侵攻する西部国境に戦車を含む機械化大隊、歩兵大隊を差し向けた。空軍は二機しかない作戦機を発進させた。

午後五時。

コンゴ正規軍がザイール西北部国境とアフリカ共和国西南部国境にゲリラを追って侵攻したと発表した。

コンゴは親ソ国である。ザイールとコンゴはもとは同一国で国名は〈コンゴ〉であった。国が分かれてからもたがいのゲリラ戦は絶えたことがない。

ザイールは国家非常事態を発令した。

宣戦布告のない戦争にザイールは突入したと放送した。

午後五時三十分。

グルロンブ大統領はチャドとスーダンに仲介のための監視軍派遣を要請した。西南部にコンゴ軍とザイール軍が入っている。首都のバンギとはそう離れてはいない。派遣する軍隊はもう残っていない。完全にお手上げであった。

なんど連絡してもフランス駐留軍司令官、バリアニ大佐は留守であった。

グルロンブは憲兵隊に首都集結命令を出した。癌病船追跡隊を軟禁してある〝宮殿の村〟の警備のためであった。グルロンブに余命があるとしたら追跡隊の確保しかなかった。

フランスは露骨な裏切りをやってのけた。

ザイールにはイスラエルが、コンゴにはソビエトがついている。アメリカも嚙《か》んでいるにちがいない。巨大国がアフリカ共和国を分割するために歩を揃えたのだ。ただし、追跡隊さえ捉《とら》えておけばそれ以上の手出しはできない。やったら、追跡隊は鏖《みなごろし》にする。唯一《ゆいいつ》の切り札であった。

午後六時。

首都の警固に就いていた共和国防備隊隊長ジョルジュ・ヌガフェ大佐が突如、銃を大統領府に向けた。

大統領護衛隊は約五百人。あっさり、大統領護衛隊は防備隊に降《くだ》った。

ヌガフェ大佐はグルロンブ大統領を軟禁した。

ヌガフェ大佐は無血革命成就を放送した。

ヌガフェ大佐は国連軍の派遣を要請した。

その要請のおよそ二時間後に、ザイール、コンゴ、カメルーンから発進した降下部隊がバンギ郊外に飛来した。アメリカ、イギリス、イスラエル、西ドイツ四カ国の特殊部隊二千名が降下した。フランス駐留軍がそれに加わった。

翌三月十二日。

ソビエトはアフリカ共和国にクーデターが起きたようだとだけ、報道した。

4

ジャワラの森を中心におよそ五百ヘクタールが関係者以外は立入禁止となった。

実験施設工事は、ヌガフェ大佐の率いる国軍の手によって進められた。医療先進国から機材が大型機によって続々と送り込まれた。常温実験室、無菌室、細胞培養設備、電子顕微鏡、動物飼育設備などであった。

三月二十日。

癌病船から、ジョセフ・ヤング教授が病理研究スタッフを率いてやって来た。ミラノ・コムーネ病院長のジョゼッペ・デミタ博士も一緒だった。

宿舎はすでにできていた。

ヤング教授を迎えて会議となった。

「キャプテン・白鳥をはじめ皆さんがたに、わたしは敬意を表します。よくぞ、このジャワラの森までクローチェの足跡を追えたものだとわたしは感動しています。ですが、ほんとうの戦いはここから先にあります」

ヤングは挨拶《あいさつ》に立った。

国軍が実験動物集めにかかっていた。土壌動物を含めておびただしい生きものが実験に用いられる。癌病船の正念場であった。

「教授は、アフリカの大地からインスピレーションをと、いわれた」

白鳥鉄善が、説明に立った。

「このジャワラの森にクローチェがやって来たことは、ほぼ、まちがいありません。ここにはコイサン族の村がありました。この国の政府も村の存在は承知していました。ただし、それだけです。いつ村が消失したのか、村人はどれほどの数だったのかなどについては、いっさい把握《はあく》してはいません」

白鳥と三人のカーペンター、バリー・ジャクソン、ボブ・ポールの六人は病理研究には無縁である。六人はヤング教授のいうインスピレーションを求めて歩いていた。

まず、この村のコイサン族が全滅したのかどうかだった。もしも全滅したのであれば癌病船はとほうもなく苦しい戦いに突入しなければならなくなる。一人でも生きていたら、風俗、習慣、食糧などがわかる。インスピレーションはそこに潜《ひそ》んでいるにちがいないのだった。

死滅していれば、インスピレーションもともに滅んだことになる。

同じコイサン族の他部族を訪ねることになるが、種族は同じでも部族ごとによって習慣その他はちがう。その土地によって食物も異なる。死滅した部族の解明は不可能といってよいことになる。

ジャワラの森に近いイツリの森のピグミー族に死滅したコイサン族との接触者を求めることになる。しかし、種族がちがうから詳しいことはわかるわけがない。

白鳥たちは小さな村々を回ってジャワラの森のコイサン族の痕跡《こんせき》を求めていた。

「できるかぎりのことは、われわれはやります。この国の政府も協力は惜《お》しまないといっています。ですが、わたしとしては、あなたがたの顕微鏡にクローチェ・ウィルスの貌が浮かび出ることに、期待をかけております」

白鳥は説明を終えた。

「わたしは、不退転の覚悟でやって参りました。ですが、キャプテン以下の追究の足が力を失わないことを、祈らずにはいられません。たとえ終わりのない追究であっても」

ヤングは防毒マスクを被《かぶ》ったままであった。

「ヤング教授」

ゲリー・ハリソン癌病船院長が受けた。

「キャプテン以下の脚力は、わたしが保証しますよ。たとえ終わりのない旅にでも、かれらは出立します」

モンガラ川からイツリの森へと苦艱《くかん》に充《み》ちた危険な旅をハリソンは思い出していた。


「呆《あき》れかえってしまうぜ、まったくの話が」

倉田が凱旋門《がいせんもん》の前で足を停めた。

無血クーデターで国を追われた皇帝の建てたものだ。首都バンギに出入りする三カ所に建っている。日本の神社の鳥居に似ている。

皇帝は宮殿に住んでいた。いまの〝宮殿の村〟がそれだ。東西二キロ、南北七百メートルの広大な宮殿であった。皇帝は白人の妻を持っていた。その妻の住む洋館はすべて防弾ガラス張りである。

屋外法廷があって「ワニの池」と「ライオンの檻《おり》」がある。政治犯が法廷に引き出される。検事も弁護士もいない。各大臣が出席する。刑は決まって〝死刑〟。政治犯はワニの池に投げ込むか、ライオンの檻に放り込む。助かったら釈放すると皇帝は嗤《わら》う。

法廷の開かれる前からワニにもライオンにも餌《えさ》はやらない。皇帝は喰われるのを見物する。

クーデターで皇帝が失脚した直後にバンギ発AFP電は伝えている。皇帝用の大冷蔵庫は六畳ほどもある。開けてみたら手足を切断された四人の死体があった。内臓はすでに喰われていた。皇帝が人肉を喰っているとの噂《うわさ》はそれで証明された。アミン元大統領と並んで人喰いの双璧《そうへき》であった。なお、宮殿には三十二人の皇帝の子供が住んでいた。

その宮殿の村にグルロンブは癌病船追跡隊を軟禁したのだった。

「グルロンブの失脚は、自ら播《ま》いた種か」

関根は凱旋門を見上げた。

グルロンブ政権はさほど悪いことはしていない。たしかに追跡隊は不法入国していた。グルロンブはグルロンブなりに国の繁栄を願っていた。クローチェ・ウィルスは核戦争も引き起こしかねないものとの認識に欠けていた。

三人のカーペンターはバヌブを連れて貧民街を訪ね歩いていた。

実験動物を用いての病理研究ははじまっていた。

癌病船から、死亡したクローチェとクラクシの臓器の培養《ばいよう》してあるのを取り寄せてあった。それをジャワラの森一帯から集めたおびただしい生きものに植えつける作業にかかっていた。ジャワラの森にはクローチェ・ウィルスの宿主《しゅくしゅ》が棲《す》んでいる。細菌は自然環境で増殖するがウィルスは感染でしか増殖しない。クローチェ・ウィルスを宿した宿主がかならずいるのだから培養した臓器の注入で反応が出るかもしれない。そうなればしめたものでキャッチボールを繰り返してウィルスを濃密にする、継代《けいたい》感染実験にかかれるのだった。

何よりもジャワラの森がクローチェ・ウィルスの郷里だとする心強さが、スタッフにはあった。海のものとも山のものともわからない茫然《ぼうぜん》自失からは癌病船は抜け出ていた。

「ギルバ村の呪医《ウィッチドクター》・カンゴロは、クローチェに百年に一回といっている。イツリの森のピグミーは数十年に一回といっていた。そこらに謎《なぞ》が含まれている気がする」

鳥居はそのことが頭から離れない。

そんな猛烈なウィルスなら一回の発生でコイサンの村は死に絶えていなければならない。だれかが生きのびたとしてもジャワラの森を逃げ出さねばならない。四、五十年に一度、百年に一度とわかっているのなら、かなりの昔から発生していたことになる。そこが、鳥居には納得できない。カンゴロがいい加減なことをいったのかもしれない。

バヌブが足を停めた。

「ツシ！」

大声でバヌブは一人の黒人を指した。

その黒人が振り返ってバヌブをみるなり逃げはじめた。

「逃がすな！」

叫んで、関根は追いはじめた。

ツシときいて関根の脳裡《のうり》に光の箭《や》が走った。

クローチェをジャワラの森に案内したバンツー族の若者だ。出たままでギルバ村に戻らなかった。ツシなら生き証人だ。

ツシはオリンピックの短距離ランナーなみに逃げ足が速かった。しかし、三人のカーペンターは驚き、呆《あき》れた。バヌブのほうがもっと速かった。突っ走ってツシをつかまえてしまった。

バヌブにつかまえられて、ツシは諦《あきら》めた。いや、逃げる前からだいたいはツシは諦めていた。バヌブはジャッカルとでも競走できるガキであった。

「ククンガに命じられて、おれを捕えに来たな、バヌブ」

二年ぶりにみるバヌブはすっかりおとなになっていた。

族長のククンガは怒っている。おとなになったバヌブを適任とみて寄越《よこ》したのだ。

しかし、バヌブには気のどくだが村には帰らない。ジャングルは人間の住むところではない。

「ちがうよ。おれはあのひとたちを案内して来たんだ。ドクターの足跡を追ってイツリの森からジャワラの森にやって来たんだ。あ、そうか、それで逃げたな、ツシ」

「おとなびた口をききやがって、この坊主」

ツシはバヌブの頭をコンと、叩いた。

しかし、ツシは感心していた。バヌブにイツリの森が抜け出せたとは、見上げたものであった。しかも、クローチェの足跡を追ってジャワラの森に来たという。

「フランス語が話せるか」

関根がツシに訊《き》いた。

「かたことだけど、話せる」

一年半ほどツシはバンギに住んでいた。公用語はフランス語だからツシは懸命になっておぼえた。

「飛びきりのフランス料理を馳走《ちそう》しよう」

関根たちにとっては信じがたい幸運であった。


信じがたいことがツシに起こっていた。

高級レストランだ。ダイアモンド鉱山でツシは働いているから喰うには困らなかった。しかし、こんなレストランは中を覗《のぞ》いたことすらない。鉱山はブカ町の郊外にある。今日は休日で首都見物にやって来たのだった。

バヌブにつかまったのかと思ったら、とんでもないことになった。クローチェと別れたところまでを詳細に話せという。ただそれだけのことでこの馳走だ。雇ってもくれるという。バヌブが神童にみえて来る。まず喰えといわれてツシは貪《むさぼ》り喰った。クローチェについていたいしたことを知っているわけではない。腹一杯にしておかないとじきに後悔することになる。

ツシはクローチェを案内して村を出た。

ツシはテントその他の荷物を背負った。イツリの森を渡るのは容易ではない。食糧はツシが弓で狩る獲物と木の実であった。

出発して三日目の夜であった。ツシはクローチェのテントに呼ばれた。小さなカンテラが点《つ》いていた。ツシは仰天した。クローチェは膚《はだ》が透けてみえる布を着ていた。乳がまるみえであった。

ツシは横になるように命じられた。

ツシは横になった。クローチェはツシのズボンを脱がした。ツシは小さな悲鳴を上げた。男根は天を衝《つ》いていてそれをクローチェに握られたのだった。

ツシはクローチェを尊敬していた。もちろん、うつくしいとは思っていた。ツシにすれば羨望《せんぼう》の極にクローチェはあった。しかし、何も希《のぞ》みはしなかった。白人の女がジャングルに住むバンツー族の若者を寄せつけるわけはないのだった。

クローチェは睾丸も巧みに愛撫してくれた。男根にはほおずりをしてくれた。ツシの番になった。ツシは乳にしがみついた。クローチェはあえいだ。どこの国のことばともわからないことばを口にしつづけた。ツシが股間に舌をつけるとクローチェは泣き叫ぶような声をたてた。クローチェは自分で四つん這《ば》いになった。ツシはそのお尻を抱えた。無我夢中で責めて、射精した。クローチェは、あえぎつづけ、叫びつづけた。ツシはクローチェを抱いて寝た。クローチェはツシの分厚い胸に舌を這わせた。夜半にツシはクローチェに跨《また》がった。クローチェはツシにしがみついてあえいだ。

朝になるとクローチェがツシに跨がって来た。

それからは性交が日課になった。歩いていてもクローチェは欲情するようだった。ためらわずにツシの前に跪《ひざまず》いた。男根を引き出して口にした。もちろん、ツシもそうした。立木に両手を突かせてお尻を責めたてた。有頂天のツシであった。

ジャワラの森に着いた。

そこは悲惨なことになっていた。死んだばかりの男とまだ息のある男が転がっていた。ほかに、病気にかかっていない三人の若者がいた。クローチェは若者に薬を飲ませた。そうこうしているうちに転がっていた男が息を引き取った。三人の若者は死体を担《かつ》いで出て行った。

半日ほどで若者たちは戻って来た。

三人の若者は村を出て行くという意味のことをいった。バンツー語はコイサン族には通じなかった。クローチェとツシは悲しみに打ち拉《ひし》がれた三人の若者を見送った。

死に絶えた村でツシとクローチェはたがいを貪《むさぼ》り合った。それが最後だとツシは承知していた。クローチェはバンギに出てそこからイタリアに渡るといった。なんどもなんども体位を変えてツシとクローチェは絡《から》み合った。

ツシはバンギまで供をした。

クローチェがイタリアにツシを誘ってくれるかと、それのみをツシは思った。ツシにしては別れがたかった。ツシに組み敷かれてもだえ狂ってくれたのだから。

クローチェはバンギに入ると笑顔を残しただけでホテルに入った。

ツシは泣いた。泣いて泣き尽くしたのちに、諦めた。

5

ジャワラの森一帯はアフリカ共和国陸軍によって厳重に封鎖されていた。

アフリカ共和国にクーデターが起きた。血を流さないで政権が交替した。クーデターにはカメルーン、コンゴ、ザイールの隣接三国が強力に関与した。アフリカ共和国とカメルーンはフランス、コンゴはソビエト、ザイールはイスラエルとそれぞれ同盟的関係にある。グルロンブ前大統領にとって代わったジョルジュ・ヌガフェ大佐は国連監視軍の派遣を要請した。その要請の二時間後にはアメリカ、イギリス、イスラエル、西ドイツの四カ国の特殊部隊が降下した。フランス駐留軍がそれに合流した。カメルーン、コンゴ、ザイールは軍隊を撤収した。ソビエトはクーデターに文句をつけていない。中国も北朝鮮も沈黙したままだ。

――何が起きているのか。

世界中の報道記者がアフリカ共和国に入り込んでいた。

核地雷を理由にNATO各国、ワルシャワ条約軍各国は国境を閉鎖したままだ。ソビエトとアメリカは地中海で一触即発の睨《にら》み合いをつづけている。ソビエト軍の輸送機が国籍不明機によってミサイルで撃墜されたが、ソビエトは事故と発表しただけだ。欧州大陸は国境閉鎖で経済が麻痺《まひ》している。食糧その他がチケット制になっている。癌病船はイタリアに寄港したがいっさいの公式行事を行なわずにリボルノ港沖合に碇《てい》泊《はく》したままだった。取材記者すら寄せつけない。沈黙のままに癌病船はイタリアを出てアフリカに向かいギニア湾に入った。一月の末にイギリスのリバプールで開かれる癌撲《ほく》滅《めつ》会議に癌病船医師団は出席する予定であった。そのために設定された国際会議であった。だが、癌病船はイギリスには向かわずにギニア湾に向けて転舵《てんだ》した。

癌病船応答セズ

イタリアの新聞各紙はそう書いた。

新聞、ラジオ、テレビ——すべての報道機関はそれぞれの政府の厳重な統制下に置かれていた。もちろん、報道機関の首脳部は真実は承知していた。人類のために真実は閉じこめているのだった。

アフリカ共和国には記者がなだれ込んだ。アフリカ各国は門戸を閉ざしていないから記者は自由に動き回れたし、取材合戦も熾烈《しれつ》であった。

アフリカ共和国は憲法を停止していた。

大統領制は廃止してヌガフェ大佐は臨時首相に就任していた。大統領護衛隊と憲兵隊は廃止にして新たな警察制度に移行していた。共和国防備隊と国家保安青年先鋒隊は廃止になった。国家経済をたてなおすには贅肉《ぜいにく》は落とさねばならなかった。

陸軍と空軍はもとのままであった。

その陸軍のおよそ半数がジャワラの森の〈基地〉警備に就いていた。

鎬《しのぎ》を削《けず》る取材合戦がジャワラの森に向けられた。

国軍の警備はジャワラの森を取り巻く半径十キロの円陣の外側であった。

直接の基地警備には〈護衛隊〉が当たった。

護衛隊はアメリカ、イスラエル、フランス、イギリス、西ドイツの五カ国の特殊部隊からなる計二百名の混成部隊であった。

三月二十七日。

ツシが基地に連れ込まれた。

基地の責任者は癌病船院長のゲリー・ハリソン。顧問がジョセフ・ヤング教授。

ハリソンとヤングは狂喜した。

クローチェ・ウィルスに迫るてがかりをツシはもたらしたのだった。ジャワラの森のコイサン族は死滅したのではなかった。三人の若者が生きのびていた。その三人を捜し出せばジャワラの森のコイサン族がどのように生きて来たのかがわかる。クローチェ・ウィルスは三人の若者の記憶の中に潜んでいるはずであった。

ただし、三人の若者が生きていればだ。三人ともクローチェ・ウィルスに汚染されているはずであった。ウィルスが目覚めて発病していれば、大変なことになる。

ツシには防毒マスクを被《かぶ》せることにした。

ハリソンはヌガフェ首相に連絡をとった。

ジャワラの森から立ち去った三人のコイサン族の捜索に全力を尽くすように要請した。

おびただしい実験動物を集めてあった。

クローチェとクラクシの臓器の培養液を注入して七日目になる。同じ種類の実験動物は注入後、五日目、十日目、十五日目と解剖して病変の有無を調べる。五日目だけでも百八十種類を超す鳥獣、昆虫、土壌動物を解剖したが病変はいっさいみられなかった。

沈黙《サイレント》ウィルスはこのジャワラの森でも貌をみせないでいた。ハリソンとヤングは空の一角に拡がりはじめた暗雲をみつめていたところであった。

三月三十日。

基地では培養液注入十日目の解剖がはじまった。

三人のコイサン族の若者についての情報は、入手できないでいた。アフリカ共和国だけではない。隣接するチャド、カメルーン、コンゴ、ザイール、スーダン各国にも捜索を要請してある。三人の若者はクローチェ・ウィルスに汚染されているとみるのが常識だから各国とも捜索には力を入れていた。

十日目の解剖が終わったのは、夕刻であった。

ヤングは解剖室を出て森に入った。

防毒マスクを脱いで、タバコに火を点《つ》けた。

——どういうことなのか。

十日目の解剖でも病変はみられなかった。

四、五十年から百年に一回の猖獗《しょうけつ》だときいた。何かがそこに潜んでいなければならない。かりに中間宿主《しゅくしゅ》を鼠《ねずみ》だとする。鼠を人間が喰うことで発病するのなら、発生年数は不定である。スローウィルスであるにしてもだ。

——ネズミをヒトが喰いそのヒトをネズミが喰ったら、どうなるのか。

ヤングはサバンナのかなたの大きな落日をみつめていた。

パプアニューギニアの原住民を襲うクール病ウィルスは食人習慣から発生することが近年になってわかった。ただし、スローウィルスでその正体はいまだに摑めないでいる。

ヤングは悪寒に包まれていた。

ジョン・ウイリス、三十四歳。

ウイリスはＵＰＩの記者であった。

ウイリスは、リエック・ヤンバラと接触を図《はか》った。

グルロンブ前大統領はフランスに亡命したが補佐官のヤンバラは野に下ってバンギに住んでいた。

ヤンバラは生活に困っていた。権力の座から追われてただの人間に戻ると、たいていの者は意欲を失う。唐突な権力の交替だけにヤンバラにはクーデター後に備えるなんの余裕もなかった。

ウイリスは代償を提供した。

その代償でウイリスは巨大な特ダネを得た。

クローチェ・ウィルスの概略をウイリスは知った。癌病船病理研究室がジャワラの森に基地を設けていた。ジャワラの森はこの国の陸軍が囲繞《いにょう》、布陣していて、近づけない。そして、癌病船追跡隊はジャワラの森に住んでいたコイサン族の若者三人を必死になって追っていた。

追跡隊は隣国の大統領護衛隊十三人を鏖《みなごろし》にしてイツリの森を経て、ジャワラの森に基地を設けている。そこがクローチェ・ウィルスの発生地だったのだ。癌病船追跡隊は死物狂いの猛追跡をやってのけて、クローチェの足跡に辿《たど》り着いた。さすがに戦闘船だけのことはある。

グルロンブ政権はその癌病船一行を逮捕したために列強に政府を転覆させられた。

――クローチェ・ウィルスか。

ウイリスの記者魂が燃え上がった。

ヨーロッパ大陸の国境封鎖と癌病船の奇怪な動きには重大な関連のあることはわかっていた。だが、死の猛威をふるうクローチェ・ウィルスとは知らなかった。

コイサン族の村は死滅した。

三人の若者だけが生き残って村を出た。

その三人の若者に癌病船は賭けている。

クローチェ・ウィルスのウィルス株が同定できないのだ。ウィルス株が同定できるのならジャワラの森のこの戦争騒ぎはない。この国の政府転覆もなかったのだ。

ウイリスはヤンバラと密約を結んだ。

ヤンバラの側近だった人物が新しくできた警察の上層部にいた。陸軍にもいる。ヤンバラは代償だけではなくてグルロンブ政府を転覆した列強の汚ないやりかたに憤りを抱いていた。もちろん、ウイリスはニュースソースは厳守する。

四月五日。

ウイリスはヤンバラから連絡を受けた。

北部のクランペル市郊外にある銅の精錬工場で働いていたパギというコイサン族の若者がいる。出身地はわからない。パギは二カ月ほど前に森に入った。仕事仲間をナイフで刺したのだった。たいした傷ではなかったがパギは憲兵をおそれて森に入ったきりになっているとの情報であった。

ウイリスは即座にバンギを出た。ジープでクランペル市に向かった。

クローチェ・ウィルスの件は記事にはならない。ボツにされることは目にみえているからだ。だが、アフリカ共和国に何が起こったのか、ヌガフェ大佐が政権を掌握《しょうあく》して二時間と経たないうちに列強国の特殊部隊が首都郊外に降下した背景には何があるのかについては、記事になる。癌病船には触れない。ただし、ジャワラの森については書く。そこに住んでいて三人の若者のみを残して死滅したコイサン族のことは書く。パギがその三人のうちの一人なら、死滅した村に何があったのかが、明らかになる。

扱いよう、書きようによっては、世紀の特ダネになる。

ウイリスは気負いたっていた。

ウイリスは案内人を雇って森に入った。

カーマというバンツー系の男であった。カーマは狩猟で生計を樹《た》てていた。パギなる人物を捜すといったら、パギなら知っているとカーマはいった。何回か森で出遇《であ》っているという。

ウイリスは幸運に恵まれていた。

カーマはわけなくパギを捜し出した。パギは草葺《くさぶ》き小舎《ごや》を三つ持っているとカーマはいった。その一つにパギはいた。パギは痩《や》せていた。ウイリスにはバンツー族とコイサン族の区別はつかない。ただ、カーマと較べるとパギは小柄であった。森住まいのせいでか栄養失調気味にみえた。

「きみは、ジャワラの森出身だったね」

「なぜ、それを？」

「心配しなくていい。きみを憲兵に渡したりはしない。きみの一族がどうなったのかを知りたいだけだ。一緒に町に出てくれないか。礼はするぜ」

パギはウイリスをみたときからおびえていた。ホテルに入ってさっぱりさせる。栄養をつけさせた上で一族滅亡の長い歴史を語らせる。それ自体が一編の叙事詩になるかもしれないし、また癌病船より早くクローチェ・ウィルスの謎を解くことになるかもしれないのだった。

ウイリスはパギを連れて森を出た。

草原に出たところへヘリコプターが飛来した。国籍不明の黒塗りのヘリコであった。ウイリスは手を振った。いや、振りかけた手を、止めた。ヘリコからライフルが出たのをみた。ウイリスは突っ走った。ジープに駆け寄ったところで、ウイリスは大地に叩きつけられた。

ウイリスがジープでバンギを出てすぐにヤンバラが射殺されたのを、ウイリスは知らなかった。知らないままに、ウイリスは旅立ったのだった。

6

四月七日午後五時。

パギがヘリコプターで基地に送り込まれて来た。

パギは一緒に村を捨てたあとの二人の働き先を知っていた。

警察が収容に向かったとの連絡を基地は受けていた。

ゲリー・ハリソンとジョセフ・ヤングがパギを診察した。パギは三十八度の熱を小柄な体に溜《た》めていた。問診では熱以外にいまのところ異常はないと答えた。熱はおといあたりから出ているとのことであった。

ハリソンとヤングはたがいの貌を見合った。

クローチェ・ウィルスの発病と断定してもよさそうであった。

とりあえず、点滴注射を行なうことにした。

「クローチェ・ウィルスによる発熱だとしたら、厄介《やっかい》なことになる」

ヤングの貌が曇っていた。

あとの二人がどうなのかにもよるが、この国が国境封鎖に追い込まれるのは時間の問題となる。発病前後にもっとも感染率が高いからだ。

パギの点滴が終わらないうちに、ヌガフェ首相から連絡が入った。

——困った事態になりました。

ヌガフェ首相の声が暗い。

「発病ですか？」

——バーホとニンベジの二人をヘリコが収容しました。バンバジ市です。二人とも高熱を出して床に臥《ふ》せていたそうです。

「二人のここ数カ月間の行動を至急、調査していただき——いや、その前にバンバジ市は封鎖したほうが賢明でしょう。パギの働いていた精錬所もです。それと、どこかの病院を至急、隔離病院にしていただきます。三人と接触した者を収容するのです」

——バンバジ市の封鎖ですか。

「国境もそうなると思います。ともかく、国の存亡に関わる非常事態です」

——わかりました。

「元気を出してください、首相」

元気を出せといっても、出るものではない。

クランペル市、バンバジ市を封鎖しただけでクローチェ・ウィルスを押え込めるわけではない。パギ、バーホ、ニンベジの三人に汚染された者が、拡散している危惧《きぐ》は大であった。両市だけでも何百人もの汚染者を隔離しなければならないことになる。

いまに、アフリカ共和国は爆発する。

三人の若者が村を捨てたと知ったときから、この事態はわかっていた。

夜おそくになってバーホとニンベジが基地に運び込まれた。警備隊にはヘリコが十機、各国から送り込まれている。病人を運ぶのはそれらのヘリコであった。隊員は全員が防毒マスクを着用している。基地の警備というのは名目であった。警備だけなら特殊部隊は要らない。グリーンベレー、モサドなどの名の知れた特殊作戦部隊が送り込まれていた。イギリス、西ドイツ、フランスの三国も選《え》り抜きの情報作戦要員を送り込んで来ている。

病人を運ぶのも名目だ。ヘリコはひっきりなしに翔《か》け発《た》っていた。

バーホとニンベジは発熱だけではなくて頭痛と吐き気を訴えた。

四月八日。

基地には朝から緊迫感が漲《みなぎ》っていた。

パギの事情聴取がはじまるのだった。

午前九時。

ボブ・ポールは調査室に入った。

白鳥鉄善、ハリソン院長、ヤング教授、バリー・ジャクソン、ポールの五人が調査に臨むことになった。

ポールはラジオでUPI記者、ジョン・ウイリスの死を知ったばかりであった。

ウイリスはカーマという案内人を雇って森に入った。パギをウイリスは追っていた。

カーマが夜になっても戻らない。家族が捜しに出てカーマとウイリスの射殺体を発見したのだった。

前日には前大統領補佐官だったヤンバラが射殺されている。ウイリスはヤンバラに接近した。ヤンバラは監視されているとは知らずに情報に手を出した。おそらく図式はそんなところだろうとポールは思っていた。

ポールは癌病船に強引に割り込んだ。癌病船だからポールは紳士的に扱われた。ジャワラの森に設けられた基地には警備隊棟がある。しきりにヘリコが離発着している。どこに行って何をしているのかはわからないが、その連中にかかればＵＰＩ記者も前大統領補佐官も問答無用となる。ポールはそういう男たちとは肌が合わない。しかし、いまは必要悪が求められていた。死人が相つぐ。もっともっと大勢の人が死ぬ。癌病船がウィルス株同定への戦いに敗れたら、もう、収拾がつかなくなる。

スワヒリ語を操れるジャクソンが訊き役を引き受けた。バンツー語、コイサン語その他の言語の基本はスワヒリ語だからたいていの種族にはスワヒリ語が通じる。

「きみは、約一年半前にこのジャワラの森を捨てた。生き残った若者三人が、ここを捨てて、出た。そのときにはきみたちの一族はきみたち三人を残して死に絶えた。そうだったね」

「そうです」

パギは防毒マスクを被せられていた。

全員が防毒マスクを着用している。パギたちが捨てたジャワラの森に奇怪な町が造られていた。異様な事態が出現し、進行しつつあるのは、パギにもわかった。

「きみたち一族を死滅させた病気が、現在、世界を滅ぼそうとしている。われわれはその病気がどこから来るのかを突きとめるために、このジャワラの森に来ている。突きとめるためには、きみの協力がどうしても必要なのだ。そうでないと、人類が滅びてしまうのだ。わかってくれるね」

「はい」

パギは、うなずいた。

「われわれは、きみたちの部族の食習慣を知りたい。どの気候のときには何を食べるのか。たまに食べるものは何か。食べないものは何か。食物に禁忌《タブー》はあるのかどうなのか。それと宗教だ。何を信じてどのような儀式を行なって来たのか。さらには嫁《よめ》を娶《めと》るにはどうするのか、儀式はどうするのか。そして、性行為だ。禁忌はどうなのか、男同士、女同士の性行為はあるのかどうなのかだ。要するにきみの記憶のすべてが知りたい。大昔からの伝えも必要だ。すべてを知らねばならんのだ。どんな些細《ささい》なことでも知りたい。このジャワラの森の自然も含めてだ。前後しても矛盾してもかまわない。わかるね」

「わかります」

「では、はじめていただけるかね」

「はい」

パギはうなずいた。

パギは自分が死病に取り憑《つ》かれたのを承知していた。バーホもニンベジもだ。村を逃げたけど死神はそのときにはもうパギたちの脳に巣喰っていたのだった。そう、死神は脳に巣喰うのだった。

その脳から熱が出ると、死神が目覚める。

あれは、たしか二年前の七月だった。

呪師のアーマが発病した。いつも決まって死神は呪師から黒い芽を覗《のぞ》かせる。呪師には女がなる。女は生きる力が強い上に呪いの力も強いからだった。

アーマは十八歳だった。

アーマが呪師になったのは十六歳のときであった。呪師にはだれもがなれるわけではない。後継者は呪師が指名することになっていた。だいたい、七、八歳頃に指名される。指名されるのは誇りであった。呪師は一族の族長よりも位が上だからだ。

そのかわり戒律が厳しい。生涯、男とは無縁になる。アーマはパギの妹だった。アーマは呪師になるのを嫌がった。指名されると遊びの世界、子供の世界からは縁が切れるからであった。指名されると呪師と住むことになる。危険の予知、災害の予知、病気除けの祈禱《きとう》、投薬、方角占い、農耕の日取り、狩りの場所など呪師になるには学ばねばならないことが山積していた。

ほかにもう一つ、大切な義務があった。呪師に体を捧げる義務だ。呪師は男を知らない。七、八歳の頃に指名されるからだ。男は知らなくても性欲はある。だが、男は禁忌《タブー》。指名した少女を抱くことになる。少女もじきに開眼《かいげん》することになる。

パギはいちどだけ、アーマが呪師に可愛がられている現場を盗み視《み》たことがある。すさまじかった。口と手と道具を使ってアーマは責めまくられた。アーマはあえぎ叫んだ。アーマは同じ責めを呪師に返した。女同士の性愛ははてることがなくつづいた。

とうぜん、呪師に指名される少女は一族でも評判の美少女ということになりがちであった。

呪師に後継者として指名されると労働からはいっさい解かれる。食べるものも族長以上の特典が約束される。

フッ・フッという小獣がジャワラの森に棲《す》んでいる。地中に棲んでいて夜しか地上には出て来ない。このフッ・フッの肉が非常においしい。しかし、めったに獲れない。地中に二層三層になった迷路を持っているからだ。フッ・フッはほとんど目がみえない。尾もない。体はおとなの握り拳《こぶし》よりは大きいていどだ。

フッ・フッは呪師と後継者だけの食物と決められている。専用の狩人がいる。たくさん獲れたときだけに族長から順に下げ与えられる。だれでもが獲って食べてよいことにしたらたちまち全滅してしまう。フッ・フッは数がすくないのだった。

「ちょっと、待った」

ヤング教授がパギの説明を遮《さえぎ》った。

「そのフッ・フッの絵を描かせていただこう」

ヤング教授の声が昂《たか》ぶっていた。

基地にはジャワラの森とその周辺に棲む生きものは土壌動物も含めてほとんどが集

められて実験に用いられていた。だが、そのフッ・フッは飼育されていない。

パギはフッ・フッの絵を描いた。

「ネズミ亜目モグラネズミ科だ！」

ヤングはうめいた。

絵をハリソンに渡した。

「そういう、ことだったのか」

ハリソンの口調がおののいた。

絵を白鳥に回した。

「つづけていただこう」

ヤングは、うながした。

「フッ・フッはほとんど目がみえないくせに、気が荒いんです。耳だけで生きているんです。敵に遇うと、歯を鳴らしながらフッ、フッと息を吐きかけて咬《か》みつくんです」

パギは説明した。

「それで、フッ・フッと名がついたのかね」

ヤング。

「そうです」

「きみは、死神は決まって呪師から発生するといったね」

「いいました」

「だれにきいたのかね」

「族長です。前回は七十年ほどの昔だったそうです。だいたい、呪師が三代目か四代目あたりに死神は目を覚ますと、族長はいっていました」

もちろん、はっきりはしない。

平均寿命が三十なかば。四十年を生きるのはめずらしいからだ。

アーマが十六の歳に呪師が死亡した。

アーマが呪師に就いた。

呪師になるには儀式が必要であった。呪師が息を引き取るのを一族は待つ。広場に円陣になって焚《た》き火《び》をしながら待つ。息を引き取った呪師の遺体は広場の中央に運ばれる。遺体は後継者によって腑分《ふわ》けされるのだった。

アーマは刀を手にした。

パギはそのときの光景をはっきりおぼえていた。アーマの貌は荘厳そのものに充《み》ちていた。草にも木にも虫にも棲むという霊がアーマにはたしかに宿っていた。

アーマは腑分けにかかった。

腑分けは最初に脳からはじまる。脳を取り出して安置する。つぎは心臓である。三番目が肝臓の順になる。

アーマは取り出した生《なま》の脳と心臓と肝臓の一部を一族の前で食べた。脳は偉大な知恵を、心臓は偉大な生命の力を、肝臓は偉大な解毒力を象徴している。それらを食べることによって後継者はその呪師を超えることができるとされていた。

内臓はすべて腑分けされる。人間の仕組みを知る上で呪師にはそれが必要なのであった。ただし、食べるのは脳、心臓、肝臓に限られていた。

その儀式が終わると族長が正式に呪師の位を授けることになる。呪師の位を受けた者はその場で後継者の少女を指名するのが慣わしであった。

アーマはクディという十四歳になる少女を後継者に指名した。

「待った」

ヤングは昂ぶって行きつ戻りつ歩きながら聴いていた。

「腑分けした死体はどう処分するのかね」

ヤングはパギをみつめた。

「埋めます」

パギ。

「焼かないのだね」

「はい」

「防腐剤などはもちろん、塗布しない？」

「はい」

「埋める場所は？」

「月の丘です」

「村人の死体も、そこに？」

「だいたいは、です」

「どういうことなのかね？」

「病気で死んだ死体は、焼くんです」

死神は発熱で目覚める。死神の目覚めるだいたいの周期がわかっているから発熱即死神とはならない。それでも発熱した者はただちに森に隔離する。熱が引いて健康体に戻れば、迎え入れる。死神はひとたび目覚めたらもとに戻るということはあり得ないからだ。

隔離した病人が死んだら、遺体は焼く。

パギは、遠い眸《め》になった。

二年前の死の旋風の光景を思いだしていた。

アーマが発熱した。アーマと後継者はただちに隔離小舎《ごや》に入った。族長のグワネがいった。そろそろ危ない時期だと。その託宣《たくせん》でアーマと後継者に身近に接していた男女、十七人が自発的に隔離小舎に入った。死神から一族を守るにはそうするほかにすべがないからであった。掟《おきて》は非情であった。少年少女でも独りで隔離小舎に行かせた。病気が治まらないのに戻ろうとする者は見張りに弓で射殺される。

アーマが発熱したのはたしか、七月の終わりだった。

八月に入って間もなく、族長のグワネが発熱した。それを待っていたようにそこでもここでも発熱者が出た。

隔離小舎は満杯だった。村そのものが隔離小舎となるしかなかった。族長のグワネは存亡の危機を悟った。グワネは、パギとバーホ、ニンベジの三人の若者に村を出てイツリの森に入るよう命じた。決して戻るなと、グワネは命令した。生きのびて他の部族の女を嫁にして血を継げといった。

パギたちは村を出た。

隔離小舎のある近くを通った。アーマの小舎からは煙が昇っていなかった。アーマも後継者も死んだのだった。生きているうちは煙を絶やさないのが決まりであった。ほかにも幾つもの小舎が沈黙していた。

パギたちは泣きながらイツリの森に向かった。

ジャワラの森に戻ったのは九月の終わりか十月のはじめだった。

死んだばかりにみえる男とまだ生きている男が転がっていた。隔離小舎はすべて焼き払われていて、死体はなかった。村にも死体はなかった。残った者が気力を振り絞って仲間の死体をつぎつぎと焼いて埋めたようだった。

そこへ、白人女とバンツー族の若者がやって来た。若者とのかたことのやりとりで白人女がドクターだとわかった。ドクターは死に瀕《ひん》した病人に注射を射った。薬を与えたが嚥下《えんか》するだけの力はなかった。やがて、最後の男が息を引き取った。

パギとバーホ、ニンベジの三人は、村を捨てた。

「死体はどうしたのかね」

「焼きました。ほかの死体も残った仲間がつぎつぎに焼いたんだろうと思います」

「月の丘に案内してもらえるかね」

「はい」

「では、すこし休んでいただこう」

パギの貌に疲れがみえた。

クローチェ・ウィルスが徐々に力を強めているのか、一族の滅亡を語った疲れなのかは、わからない。ヤング教授も遠い眸になっていた。

「解明できたと、思います」

ヤングは一同を見回した。

途中からミラノ・コムーネ病院長のジョゼッペ・デミタと三人のカーペンターに病理研究スタッフが加わっていた。

コーヒーが飲みたいが全員が防毒マスクを着用しているから、どうにもならない。

「九十九パーセント、クローチェ・ウィルスの宿主はネズミ亜目のモグラネズミ科に属するフツ・フツです」

防毒マスクの中でヤングの眸が炯《ひか》っていた。

フツ・フツはほぼ呪師のみが食べている。呪師はウィルスを中間宿主として溜めている。クローチェ・ウィルスはスローウィルスでウィルスの分裂するゼネレーション・タイムが極端に長いから、ウィルス株が同定できない。呪師が中間宿主となっても発病はしない。ウィルスが薄いからだ。

スローウィルスの貌をみるためにはウィルスを濃密にしなければならない。

呪師が息を引き取るのを待ち受けていて後継者は脳、心臓、肝臓を生で喰う。人体から人体への直接の移行感染だ。それでもまだ、ウィルスは濃密にはならない。

呪師の腑分けされた遺体は〝月の丘〟に埋められる。その遺体をフツ・フツが貪《むさぼ》る。フツ・フツが宿主として持っていたウィルスは呪師に入ってふたたび、フツ・フツに戻っている。行って来いのウィルスのキャッチボールの典型が構成されている。スローウィルスはキャッチボールで濃密にしなければウィルス株は同定できない。

一方で呪師の臓器を喰うことでウィルスを直接に溜めた後継者は、呪師の死体を貪ったフツ・フツの常食をはじめる。

フツ・フツ——ヒト——フツ・フツのキャッチボールのほかに、呪師——後継者が加わっている。後継者はフツ・フツ、呪師と回ったそのフツ・フツを常食にする。

「そういうことだったのですか」

ユーゲン・ライネッカ病理研究室長が、うめいた。

パプアニューギニアのクール病ウィルスと同じに、ここでも食人習慣が貌を出した。しかもかなり複雑なキャッチボールが繰り返されている。二プラス二が六か七になりかねないキャッチボールであった。

「それで、クローチェ・ウィルスの同定が可能になりましたか」

白鳥は吐息を落とした。

クローチェ・ウィルスの郷里はなんとも暗く、重くて、惨また惨であった。

「ライネッカ博士は、どう思います？」

ヤングが意見を求めた。

「正直なところ、三分と七分あたりかと、思われます。同定可能が三分です」

「わたしは二分と八分だという気がしています。同定可能が二分です」

一分以下とみてもよいと、ヤングは思っていた。

クローチェ・ウィルスはそんな生やさしいものではないことをヤングはパギの説明で思い知っていた。

「どうして、そういう数字になるのですか」

ポールには釈然としない。

そんなことになればアフリカの一角が裂ける。ヨーロッパも火を噴く。

「キャッチボールの結果、フッ・フッはかなり濃いウィルスを有しているものと思われます。しかし、クローチェ・ウィルスのキャッチボールを思い出していただきたい。フッ・フッ——ヒト——フッ・フッのほかに、ヒトからヒトへの生体移行が介在しています」

「…………」

ポールは黙った。

「最後に残されるのは、人間のモラルの問題か……」

自分自身に向かって、白鳥はつぶやいた。

ハリソンは何もいわなかった。

パギの案内で一行は〝月の丘〟に向かった。

ジャワラの森の中ほどにある円形の草地であった。

ヤング自身がスコップを手にした。

垂直にスコップを土に刺した。円筒形の穴をヤングは掘りあげた。呪師を埋めた場所であった。呪師の骨が出た。

一同がヤングの掘った円筒形の穴の周りに集まった。だれも、何も口にしなかった。

二層、三層になったフツ・フツの迷路じみた回廊が円筒形の壁に十数カ所、黒い穴を穿《うが》っていた。予想したとおりであった。フツ・フツは墓場に迷路を張りめぐらして死肉を貪っていたのだった。先代の呪師の肉を貪ったフツ・フツを最後の呪師となったアーマが常食にした。

だれの眸にも黒い穴は呪いの穴にみえた。

クローチェ・ウィルスはこの呪いの穴から七十年ぶりに地上に出て来たのだった。

ヒトからヒトへの生体移行を三代か四代も繰り返しそれにフツ・フツが複雑に絡み合

わなければ目を覚まさない、悪魔のクローチェ・ウィルスの郷里を、ひとびとはみつめた。

「大量のフツ・フツが必要だな」

ハリソンがつぶやきを落とした。

第四章　悪魔の貌

1

アフリカ共和国。

クランペル市とバンバジ市で暴動が起こった。

二つの市は封鎖されていた。ヌガフェ首相が国軍と警察を投入して封鎖に出たのは四月十日であった。同時にヌガフェは全土に非常事態を宣言した。ヌガフェは首相に就任したばかりである。双肩《そうけん》に担《にな》い切れない重大決断であった。ヌガフェを決断させたのはフランス、アメリカ、日本、西ドイツ、イギリス、ソビエトなどからの緊急経済援助の確約があったからであった。

ジャワラの森がクローチェ・ウィルスの郷里と判断された。ジャワラの森を捨てたコイサン族の三人の若者がクランペル市とバンバジ市で発見された。パギとバーホとニンベジの三人だ。三人ともクローチェ・ウィルスに感染・発病していた。九分九厘、クローチェ・ウィルスとの癌病船医師団の診断であった。

クローチェ・ウィルスは呼気感染する。感染率は発病前後がもっとも高い。そのままにしておいてはクローチェ・ウィルスはアフリカ共和国全土に死の旋風を巻き起こしかねない。そうなってからでは救いようがない。両市の封鎖はやむを得なかった。

暴動は最初にバンバジ市で起きた。

四月十二日であった。

市立病院を緊急隔離病院に指定して入院患者は全員、自宅に引き取らせた。医療後進国だから分散させる病院はほかにはなかった。

警官隊が市に入ってバーホとニンベジに接触した者を強制的に入院させた。親が接触していればその嫁も子も引きずり出した。なにしろ、事情がわからない。警官隊も教えられてはいない。バーホとニンベジが死の伝染病に罹《かか》っていたらしいとだけはわかっている。警官隊はおよび腰であった。決して傍には寄らないで警棒で追い立てて病院に送り込んだ。

市は封鎖されている。禁を犯す者は国軍が容赦なく射殺するとの布告が出ている。疑心暗鬼が渦巻き流言蜚語《ひご》が飛び交った。その最たるものは軍が全市民の抹殺にかかったというものだった。強制入院させられたのはペスト患者でいまに軍は市を焼き払いにかかると伝えられた。

恐怖が渦巻いてそこから狂気が生じた。群集が市立病院を取り巻いた。その数があっという間に数千人に増えた。警官隊はものの数ではなくなった。

焼けと、だれかが叫んだ。

市立病院に火が放たれた。収容された患者が逃げて出た。殺し合いとなった。市立病院は灰になり百名を越える死者が出た。そこへ国軍が突入して来た。国軍は猛射を浴びせた。国軍自体が流言蜚語の虜《とりこ》になっていた。対抗するために群集はそこここに火を放った。飛び交っていた国軍による市民抹殺説が現実となったのだ。手のつけられない事態となった。

バンバジ市は放火、略奪、暴行、殺人の坩堝《るつぼ》となった。

その報がクランペル市に飛んだ。クランペル市でも同じことになった。

四月十三日。

午前九時。

ザイールがアフリカ共和国との国境を封鎖したと発表した。アフリカ共和国にふたたび内戦がはじまったのが国境封鎖の理由であった。

午前十時にはカメルーンがアフリカ共和国との国境を閉鎖した。カメルーンの反政府組織KMCがアフリカ共和国前大統領派と組んで大々的な軍事行動を起こしたとカメルーン政府は発表した。

チャドとスーダンがそれにつづいてアフリカ共和国との国境を閉鎖した。

それぞれが内乱を理由としていた。

四月十三日、正午。

フランス駐留軍が首相府に入った。

ヌガフェ首相の要請であった。

ヌガフェ首相にとっては正念場であった。各国ともクローチェ・ウィルスの侵入におびえて国境を閉ざしてしまった。遠からずにやって来る事態ではあった。非常事態宣言と同時にヌガフェ政府は厳重な報道規制を布《し》いてあった。いつになれば解ける事態なのかは見当がつかない。癌病船医師団のワクチン製造如何《いかん》に、国の命運がかかっていた。それまでは強権で以《もっ》て国民を押え込むしかなかった。

ジョセフ・ヤング教授は机にほお杖《づえ》を突いていた。

外は猛暑だ。大気が燃えているのがみえる。ぼんやりと、ヤングはそれをみていた。

ネズミ亜目モグラネズミ科のフッ・フッは大量に捕獲、飼育してあった。巣穴の端から蛇を入れるとフッ・フッはおもしろいように逃げ出て来た。大量のフッ・フッにクローチェとクラクシの臓器の培養液を注入した。五日目、十日目、十五日目とフッ・フッを解剖して病変の有無を調べる。その五日目の解剖が終わったばかりであった。

フッ・フッに病変はみられなかった。

そうなるであろうとヤングは思っていた。

ゲリー・ハリソンが入って来た。

二人はしばらくは黙っていた。ハリソンは窶《やつ》れていた。それはヤングも同じだった。ただし、裡《うち》にあるものはそれぞれにちがう。ハリソンには焦躁《しょうそう》があった。ヤングには絶望しかない。

「やはり、わたしは癌病船に帰る。ここにいてもわたしにはすることがない。クローチェ・ウィルスは永遠に貌《かお》をみせはしない。敗北を認めざるを得ない」

ヤングは、ちらとハリソンをみた。

「あなたは疫学《えきがく》が専門だ。しかし、わたしは医師です。病人を見捨てるわけにはいかない」

ハリソンの双眸《そうぼう》は苦渋を溜《た》めて赤く濁《にご》っていた。

「医学には限界がある。あなたは、それに直面している。とうてい、破れない壁です」

ヤングの声は低い。

「破っては、いけませんか？」

「破る！」

ヤングは愕《おどろ》いて、ハリソンをみた。

「人類のためです」

「まさか——」

ヤングはことばがつづかなかった。黙ったまま首を左右に振った。

不可能事であった。クローチェ・ウィルスの貌をこの世に暴《あば》き出す手段がないわけではなかった。かなりな数の人間を殺す覚悟があれば、できる。パギ、バーホ、ニンベジの三人はクローチェ・ウィルスに感染して発病している。その三人にフッ・フッを喰わせる。フッ・フッを喰った三人を共喰いさせる。そして、三人の死体をフッ・フッに喰わせる。

フッ・フッ——ヒトからヒトへの生体移行——フッ・フッ——ウィルスを濃密にするためのキャッチボールができる。ただし、それだけでは悪魔のクローチェ・ウィルスは貌はみせない。

ほかに実験ヒトが十数人は必要になる。

実験ヒトを無菌室で十数人、飼う。共喰いをさせたパギ、バーホ、ニンベジの内臓をヒトに生食《せいしょく》させる。三人のウィルスはキャッチボールでかなり濃密になっている。それを生体移行させる。三人の死体はフッ・フッに喰わせる。そのフッ・フッを実験ヒトに喰わせる。実験ヒトにはフッ・フッを喰わせつづける。実験ヒトを一人か二人、殺す。その臓器を残る実験ヒトに生食させる。死体の残りはフッ・フッに喰わせる。そのフッ・フッを実験ヒトに喰わせる。

　さらに同じ過程を繰り返す。

「たしかに、人間のやることではない。しかし、ヤング教授。わたしの眸《め》をみてください。この濁った眸は、もう人間の眸ではありません。悪魔の眸です。クローチェ・ウィルスは完璧な悪魔です。そのクローチェ・ウィルスと戦うにはさらに強力な悪魔の力が必要なのです。神の力ではなんの役にも立たないのです」

「…………」

「あなたは、アフリカの大地から神の啓示《インスピレーション》をと、いいました。神ではなくて悪魔のインスピレーションだったのです」

「…………」

　ヤングにはことばがなかった。

「ヤング教授。わたしは、神を捨てました」

　神とはハリソンは縁を切った。

医師の倫理とも縁を切った。

人間の倫理とも縁を切った。

クランペル市とバンバジ市では両市合わせて七千人近い死者が出ていた。負傷者は数え切れない。クローチェ・ウィルスが嗤《わら》ったのだ。クローチェ・ウィルスの一嗤いで二つの市が潰滅《かいめつ》した。

ハリソンは地獄に堕《お》ちる決意を固めた。

ハリソンはその決意を固める前にキャプテンの白鳥鉄善に相談した。病院長はハリソンだが癌病船運航の全責任はキャプテンにあった。

ともに地獄に堕ちましょうと、白鳥はいった。

必要とあらば地獄にも癌病船を進めると約束した白鳥であった。ハリソンの盟友であった。船長と病院長が悪魔に変貌する。癌病船そのものが巨大な悪魔となって突き進むことになるのだった。

「わたしには、できない」

ヤングの声は打ちふるえていた。

「教授にやっていただいては、困ります」

ヤング教授はクローチェ・ウィルスに感染している危惧《きぐ》が大だ。ヤングがやれば自身のためにしたことになりかねない。

「ですが、教授。わたしは、クローチェ・ウィルスをこの世に引きずり出してはお目にかけます。しかし、わたしにできるのはウィルス株の同定までです。ウィルス株の同定からＤＮＡあるいはＲＮＡの遺伝子情報の読み取り、組替え作業からワクチン造りは、あなたにお願いするしかありません」

ウィルス株の同定はできてもその先にさらに難題が待ち受けている。

たとえば、エイズウィルス。

たいていの生命の遺伝子はデオキシリボ核酸《DNA》なのにエイズウィルスはリボ核酸《RNA》でできている。人間の細胞に感染すると逆転写酵素《リバース・トランスクリプターゼ》を用いてＲＮＡの遺伝情報をＤＮＡに写し取る。遺伝情報の伝達はふつうはＤＮＡからＲＮＡへそして蛋白質《たんぱくしつ》へと行なわれる。転写という。普遍的法則である。エイズウィルスはその逆を行なう。逆転写するウィルスではほかにインフルエンザウィルスやポリオウィルスが知られている。総称してレトロウィルスという。ＲＮＡからＤＮＡに逆転写した遺伝子情報は人間の細胞（ＤＮＡ）の中に潜《もぐ》り込んで増殖する。

ウィルスの遺伝情報つまり暗号文字は塩基である。エイズウィルスの塩基の変化がつい最近になってはじめて実験でとらえられた。エイズウィルスの塩基は人間などたいていの生物の遺伝子に較べて百万倍のスピードで変化していることがわかった。百万倍のスピードでの変化となると殻《カプシド》の抗原蛋白質は変化《へんげ》自在である。エイズウィルスは発見されてもワクチンが造れないゆえんだった。クローチェ・ウィルスがそうでないという保証はないのだった。

2

暗号名が〝キャサリン〟。

ジャワラの森の基地に窓のない大きな建物が空輸されて組み建てられた。

パギ、バーホ、ニンベジの三人がそこに移された。

どこからか十数人の男女が深夜にヘリコプターで運ばれて来てその建物に入った。

ジャーナリストのボブ・ポールは眉《まゆ》をひそめていた。

基地に急激な変化が起きていた。基地の周辺には有刺鉄線が張られた。輪状のままを一周させてある。それだけではない。高い鉄塔が組み建てられた。そこに基地警備隊員が常時、二名で監視をはじめた。

ジョセフ・ヤング教授は癌病船に引き揚げた。

ポールには何が起こっているのか見当がつかない。

ＣＩＡから派遣されているバリー・ジャクソンに訊《き》いたが曖昧《あいまい》な返事しかしない。三人のカーペンターに訊いても同じ。ゲリー・ハリソンはひどく無口になっていた。話しかけても返事さえしない。痩《や》せが目立つ。ハリソン自身がクローチェ・ウィルスに感染、発病した感じになっていた。ユーゲン・ライネッカ、レズリー・バーンの両博士もハリソンと同じに無口になっていた。二人を補佐する病理研究スタッフまで明るさを失っていた。それぞれがたがいの間でも壁を設けているようにみえた。

新しい建物には関係者以外は立入り厳禁であった。

ポールは、白鳥鉄善に会った。

「教えていただきたい」

「何をかね」

「全員が、クローチェ・ウィルスのように沈黙してしまった。いったい、何が起こっているのですか」

「約束を破る気かね」

白鳥の口調が沈んだ。

ヤング教授が帰船する際に白鳥はポールにも帰船するよう警告した。ポールは拒《こば》んだ。クローチェの足跡を追う旅に出る際に白鳥は最後まで行動をともにしてよいとポールに約束していた。ポールはその約束を楯《たて》にとった。

わかったと白鳥は答えた。ただし、これから基地で起こることについては耳目を閉じることを要求した。ポールは応じたのだった。

「それほど、わたしが信用できないのですか」

「信用の問題ではない」

「だったら、なぜ、わたしだけ仲間外れに」

「やはり、きみは癌病船に送り返そう。支度をしたまえ」

「また、その脅《おど》しですか」

「殺されたいのかね、ポール君」

白鳥は拳銃を取り出した。

「殺す？　なぜ、わたしを殺すのですか」

ポールから血の気が引いた。

殺すといったら白鳥は殺す。決断が早くて決定を変えないのが白鳥であった。

「きみには良心がある。良心というものを信じている。その上に立ったジャーナリストとしての特性を備えている。それに引きかえて、わたしとハリソンには悪魔に変貌できる柔軟性がある。それをいわせた以上は、きみを殺さねばならない。気のどくだがね」

ポールは認識が足りなかった。

ポールのジャーナリストとしてのあまえは危険であった。このままではポールは基地警備隊に射殺される。アメリカ、イスラエル、フランス、イギリス、西ドイツの五カ国の特殊部隊の精鋭、二百名が〝キャサリン〟を守っているのだ。ただの警備隊ではない。情報、工作の専門家ばかりだ。アフリカ共和国は報道規制を布いているからポールに情報は入らないが、アフリカ共和国をはじめ周辺各国で世界各国の取材記者が不慮《ふりょ》の死を遂げたり行方不明になったりしている。警備隊が動いているのだった。

「というと、人体実験――」

　ポールはパギの説明を思い出していた。

　呪師《じゅし》がフツ・フツを喰い、呪師が呪師の内臓を喰いその残りをフツ・フツが喰いそのフツ・フツを新しい呪師が喰う、キャッチボール。

「そうだ」

　白鳥はうなずいた。

「殺しますか」

「殺す」

　拳銃を白鳥は向けた。

　発射音が湧《わ》いてポールが壁に叩きつけられた。

　しばらくたって、ポールは這《は》い起きた。

　白鳥はテーブルの上に拳銃を構えていた。

　ポールは左胸ポケットの手帳を取り出した。弾は皮膚を破ってはいたがそこで止まっていた。正確に心臓を白鳥は撃っていた。

「良心は、どうかね」

低い声で白鳥は訊《き》いた。

「たとえ悪魔になっても、人類は救わねばなりません」

「そうか」

白鳥は拳銃を抽出《ひきだし》に戻した。

「手帳のことを、知っていたのですか？」

ポールは血を拭いた。

「知ってはいた」白鳥はゆっくり、うなずいた。「だが、返答しだいではもういちど、撃った。弾が止まるかどうかは、わたしにはわからなかった。わたしは、ハリソンを支援しなければならない。ハリソンはいまに狂気を深める。自傷行為に出ないとも限らない。悪魔になると自身にいいきかせはしても、人間は弱いものだ。ハリソンを狂わせてはならない。きみの一言がハリソンの脳を引き裂くことになるのだ。ハリソンを守るためなら何十人のジャーナリストでも、わたしは撃ち殺す」

「わたしに、できることは」

「直面できるかね」

「できます。また、そうしなければハリソンをはじめとする医師団の死に勝る苦痛が理解できないでしょう。わたしは痛みを知らないジャーナリストに戻りたくはありません」

「よくいってくれた、ポール君」

白鳥は手を差しのべた。

癌病船は不退転の決意で航海に就《つ》いた。人類の灯《とも》した灯火だ。その灯火を消させないためにハリソンはいのちを賭《か》けた。そのハリソンを守るのが白鳥の任務であった。他人に与えた苦しみの責任は、いずれ、白鳥がとる。

パギ、バーホ、ニンベジの三人は発熱がつづいていた。

尿蛋白《にょうたんぱく》、糖、ウロビリノーゲン、グメリン反応、赤血球、白血球などには異常がない。血液の細菌培養検査にも反応がない。ベルケフェルト細菌濾過《ろか》器、電子顕微鏡などにも何も出ない。クローチェの場合と同じだった。

クローチェの初期症状も発熱だった。

三十七、八度の熱がつづく。最初は頭痛でつぎに下痢になる。腹痛、嘔吐《おうと》とつづく。腹部膨満《ぼうまん》、酩酊《めいてい》状態、胸部および顔面に潮紅斑《ちょうこうはん》が顕著になり首の周辺が皮下出血をはじめる。上昇した体温が急激に下がる。脈拍も落ちる。吐瀉液《としゃえき》が胆汁状からコーヒー色になる。そうなるともう意識混濁だ。

パギ、バーホ、ニンベジの三人は個室に収容してある。空調は整っている。大病院の個室なみだ。ただし、各室はテレビモニターで二十四時間、監視されている。

ほかに十五人の患者が収容されていた。

男が十三人に女が二人であった。全員がテレビモニター付きの個室に収容されていた。

ポールは〝キャサリン〟で働くことになった。

ＣＩＡ要員のバリー・ジャクソンも〝キャサリン〟に入っていた。通訳としてであった。〝キャサリン〟には外部の人間は入れない。通訳を雇わないのはそのためであった。ハリソンがチーフで病理研究室長のユーゲン・ライネッカと副室長のレズリー・バーンが補佐する。その下に病理研究スタッフが十三人、癌病船から派遣されて来ていた。

コックも五名が派遣されて来ている。

ミラノ・コムーネ病院長のジョゼッペ・デミタはヤング教授と癌病船に帰船してい

た。

カーペンターの鳥居、倉田、関根の三人は〝キャサリン〟の掃除屋だ。なんでもする。〝キャサリン〟では遊んでいる人間はいない。

ポールは食事を運ぶ役目を受け持った。

朝食にフツ・フツの刺身を出す。クローチェとクラクシの臓器の培養液を注入したフツ・フツだ。臓物も生で出す。コックが野菜などを添えて飾りつけをしてあるから豪勢にみえる。フツ・フツだとはわからないように調理してある。全員が残さずに平らげた。

昼と夜はふつうの料理を出す。

パギ、バーホ、ニンベジの三人は目下のところは食欲があった。

十五人の身許をポールは知らない。ハリソンを含めてだれもが知らないようだった。警備隊がどこからか運んで来たのだ。死刑囚ではあるまいかとポールは思っていた。外から鍵のかかる個室に収容されても何一つ文句はいわなかった。ベッドがあり洗面所がありテレビがある。三食付きだ。死刑囚ならここは天国に思えるはずであった。そうでなくともかれらの生活環境からすれば超特別待遇といえる。

何かの実験に供されていることはだれもが承知している。〝キャサリン〟内では関係者全員が防毒マスクを着用しているからだ。それでいて不平は口にしない。パギ、バーホ、ニンベジの三人はおよそのことは心得ている。発病したが最後という悪魔の熱病に自分たちが罹《かか》ったことを承知しているからだ。

もっとも、だれ一人として患者の身許を知りたいと思う者はいない。殺すための飼育だからだ。〝キャサリン〟内では関係者の会話はなかった。必要以外のことは喋《しゃべ》らない。医師団は黙々と検査し、記録をとっていた。ポールは暇になると外に出て体操をした。カーペンターたちとたわいのない話をした。陽気なのは三人のカーペンターだけだ。しかし、そのカーペンターたちも〝キャサリン〟のことは口にしなかった。

だれがつけた暗号名かはポールは知らない。

〝キャサリン〟とは残酷な暗号名であった。

――どこまで堪《た》えられるのか。

ポールは自身をみつめていた。

理屈では納得できる。パギ、バーホ、ニンベジの三人は救《たす》からない。十五名は死刑囚だとする。十八名を実験で殺すことによって人類は救われるのだ。アフリカ共和国ではクローチェ・ウィルスが引き起こした暴動によってすでに七千人もの死者が出ている。ヨーロッパ大陸ではまだ死の大旋風は目を覚ましていない。しかし、確実に目を覚ます。二次感染者のコロンボがどこかに潜《ひそ》んだままになっているのだ。ワクチンが製造されたら問題は解決する。

ただし、十八名を殺してもワクチンが造れるとは限っていない。たとえばエイズウィルス。エイズウィルスの塩基は人間のそれの百万倍のスピードで変化していることがわかった。そうなれば殻の抗原蛋白質は変化自在である。ワクチン製造は絶望視されている。クローチェ・ウィルスがそうなら、おそろしいことになる。

クローチェとクラクシの臓器の培養液を実験ヒト全員に注入してある。同じものを注入したフツ・フツを実験ヒトに生食させる。それだけではなんにもならない。バーホを殺して臓器を実験ヒトとフツ・フツに生食させる。そのフツ・フツを実験ヒトに生食させる。そのつぎにはニンベジを殺して同じことを繰り返す。パギは三番目に殺す。バーホ、ニンベジ、パギの順に症状が出ていた。

ポールはフツ・フツの生食を運んでいる。間もなくバーホの生肉を運ぶことになる。その行為に堪えられるかどうかは、自信がない。

五月一日。

ポールは肚《はら》を括《くく》って〝キャサリン〟に入った。

前日にバーホが病室から消えたのをポールは知っていた。

ポールは配膳する手押車の前に立った。朝食は明らかにフツ・フツではなかった。レタスの葉の上に小さく刻んだ少量の内臓が置かれていた。トマトとアスパラが添えられている。五種類のスパイスとソースがついていた。

ポールの足がふるえた。バーホの内臓であった。昨日までバーホは生きていた。昼食はポールが運んだ。バーホは嘔吐の段階に入っていた。昼食には手をつけなかった。夕食の配膳の際にはバーホの番号の入ったトレイはなかった。

バーホは生き残ってジャワラの森を捨てた。しかし、結局は死の魔手からは逃れられなかった。村を捨てた三人の若者は三人ともジャワラの森に引き戻された。汚染されたフツ・フツの生の臓器を食べさせられた。そして、この小さな臓物の生食となって運ばれている。

クローチェ・ウィルスがどこかで嗤《わら》った気がした。

太い悪寒《おかん》が脳裡《のうり》から足に抜けた。

――こんなことをしても無益だ！

ポールは胸中に叫んでいた。

〝キャサリン〟はただちに廃止にすべきだ！　クローチェ・ウィルスは絶対に貌はあらわしはしない！　何かがまちがっている！　だれかがまちがいを犯している！　たった三人の若者だけが生き残った！　そのうちのバーホが殺された！　そのバーホの臓物をニンベジとパギに喰わせて、いったいどうするのだ！　これは科学でもなんでもない！　黒魔術だ！

――ポール君。第三室へどうぞ。

ユーゲン・ライネッカの声がインターホンから流れ出た。

ポールは第三室に入った。

ゲリー・ハリソンがいた。

「何もいうな、ポール君。きみは錯乱状態にある。戻って、ウイスキーを飲みなさい。ここの仕事は、もういい」

ポールの眸《め》はつり上がっていた。人格が一変している。ハリソンもモニターを観ていた。ポールに不安を抱いたからだ。ポールは手押車の前に立った。眸が吊り上がってつぎに頭髪が揺れた。揺れた頭髪が真白に変色するのをハリソンはみた。

ポールは狼のように口を開けている自分に気づいた。わめこうとした口がそのまま凍《こお》りついたのだった。ポールを凍りつかせたのはハリソンの容貌であった。三、四日ほどポールはハリソンに遇《あ》ってなかった。ポールは幽鬼さながらに窶《やつ》れたハリソンをみて、黙った。

ポールを見送って、ハリソンは白鳥に電話をかけた。

ポールの状態を告げた。


カーペンターの関根がポールの部屋に入った。

ポールはボトルごとウイスキーを呷《あお》っていた。

ポールの左手はテーブルにある。手の甲にアイスピックを突き立てていた。アイスピックはテーブルに喰い込んで手を縫《ぬ》いつけていた。

関根は無言でアイスピックを抜いた。ウイスキーを傷口に流し込んだ。

「どうした？」

向かい合って、関根は腰を下ろした。

「生きているのかどうかが、知りたかった」

ポールの声はしわがれていた。

「それで、生きていたのかね」

関根はグラスにウイスキーを注いだ。

「なんともいえない」

「あんたは、医学者にならなくてよかったぜ」

関根は笑った。

「やはり、あれは、科学か」

ポールは関根をみつめた。

「なんにみえた？」

「おれには、何もわからなくなった」

ポールはゆっくり、首を横に振った。

「だれにだって、わからないさ」

わかっているのは、クローチェ・ウィルスの魔力というか呪詛《じゅそ》の強さであった。ポールの頭髪が真白になっていた。

白鳥鉄善はゲリー・ハリソンに注意していた。

三人のカーペンターにも気を配るように命じてあった。

病理研究室長のライネッカ博士と副室長のバーン博士の二人がハリソンを補佐している。ハリソン独りが苦しむわけではない。ライネッカもバーンも悲壮《ひそう》な決意の上で〝キャサリン〟に加わっている。しかし、チーフであるハリソンにかかる重圧は想像に難《かた》いものがある。ハリソンは独りでバーホを処理した。処理室にはライネッカもバーンも入らせない。つぎがニンベジ。二、三日中だ。パギも他の実験ヒトもハリソンが独りで処理する。いつ、ハリソンは崩壊しないともかぎらない。

ニンベジが病室を出た。

パギはニンベジがベッドごと運び出されるのをみた。その前にはバーホが運び出された。バーホはそれっきり戻らなかった。ニンベジももう戻っては来ない。パギは承知していた。発熱したが最後、絶対に救《たす》からない病であった。呪師である妹のアーマが最初に発病した。アーマ熱と呼んで村人はおそれおののいた。族長のグワネはパギ、バーホ、ニンベジの三人に村を捨ててイツリの森に入るよう命じた。他部族の女と結ばれて血を継げといった。

パギたちは二十一歳であった。

パギたち三人はイツリの森をも捨てた。どうせなら都市に出て働こうとなった。ジャングルでの生活はあまりにも貧しすぎた。パギは旅の途中でバーホとニンベジとは別れた。バーホとニンベジには雇い手があらわれたのだった。三人は要《い》らないといわれた。パギはさらに流れて、雇い主を捜した。どうにか仕事はみつかった。喰うだけは喰えた。村にいても喰うのが精いっぱいであったからそのこと自体に不満はなかった。ただし、女はみつからなかった。ともだちもできなかった。女は振り向いてもくれなかった。バーホとニンベジに会いに行くことすらかなわなかった。

そして、発熱して、ジャワラの森に戻って来た。

バーホとニンベジも戻って来た。パギは二人と話をした。バーホもニンベジも女は経験していなかった。ただ喰って生きて来ただけであった。

そのバーホが死に、ニンベジが死のうとしている。

パギは知っていた。

朝食に出る生肉と臓物はきれいにこしらえてはあるがフッ・フッであった。味が遠い記憶として残っていた。白人がジャワラの森に町をこしらえていた。病院が出来てパギたちは収容された。みたことのない豪勢な部屋だった。白人はパギに村のことを訊《き》いた。白人の目的はアーマ熱にあった。〝月の丘〟で白人はフッ・フッの巣を掘って調べた。白人たちはアーマ熱が内蔵している謎を追究していた。アーマ熱が世界を滅ぼそうとしているといった。アーマ熱は呪師から黒い芽を出す。喋《しゃべ》ったことをあとになって思い出して、パギは気づいた。フッ・フッ――呪師――呪師――フッ・フッの関係を。アーマ熱は呪師から芽を出す。呪師は呪師の脳と心臓と肝臓を喰う。はっきりとはしないが白人たちの狙《ねら》いはそこに絞り込まれたようだった。

バーホが消えた翌朝の生食はフッ・フッではなかった。似てはいたが味がちがった。喰ったあとでパギは疑いを抱いた。バーホの臓物ではなかったのかと。毎朝、フッ・フッが出る。それを喰ったバーホが殺された。病状は死ぬところまでは来ていなかったから、殺されたのだ。バーホの臓物をニンベジも喰ったはずだ。そして、ニンベジが連れ去られた。

パギはベッドに蹲《うずくま》って、頭を抱えた。

ユーゲン・ライネッカがモニターでパギを監視していた。パギは動かない。ベッドで頭を抱えたままだ。パギは悟《さと》った。パギは知ってしまった。何もかもパギは知ってしまった。

ライネッカはテーブルに両肘《りょうひじ》を突いた。両手で頭を抱えた。髪を掻《か》き毟《むし》った。だれになんの権利があるのかと、胸中で叫んでいた。ライネッカは鋏《はさみ》を取り出した。狂ったような勢いでライネッカは頭髪を切りはじめた。おれは人間ではないとライネッカは泣きながら叫んでいた。

パギは朝食を前にした。

バーホが殺された翌朝と同じ生食であった。

「こんなになっちまって、ニンベジ！」

パギは臓物を摑みしめて泣いた。

泣きながらパギはニンベジの臓物を口に入れた。呑《の》み込んだ。喰ってやるよニンベジ！　喰ってやるよニンベジ！　と、パギは叫んだ。叫びつづけた。

パギは立った。パギは走った。パギは壁に頭を叩きつけた。

パギが頭蓋骨《ずがいこつ》を砕いて即死したのをライネッカはみていた。

ライネッカは部屋を走り出た。わめきながらライネッカは〝キャサリン〟を出た。処理室に向かっていたゲリー・ハリソンがそれをみた。ハリソンはライネッカを追った。ライネッカは走っていた。燃える大気の中でライネッカは死物狂いに走っていた。円を描いてライネッカは走っていた。

三人のカーペンターがそれをみていた。

ハリソンはカーペンターにそっとしておくようにと手で合図した。

ライネッカが倒れるのを待って、ハリソンは近づいた。

ライネッカを抱き起こした。ライネッカは放心状態に近かった。大地に腰を落として足を投げ出した。

「あなたが狂ったら、わたしは、どうすればよいのだ」

ハリソンも向かい合って腰を下ろした。

ライネッカは答えない。

「ライネッカ博士。わたしも狂いたい。しかし、わたしは狂うわけにはいかないのだ。ライネッカ博士。わたしは、たったいまから、防毒マスクは捨てる。いっさい、被《かぶ》らない。それで、理解してもらえないか」

「わたしも、そうします。院長」

「ありがとう、博士。博士はしばらく休むといい。わたしはこれから、パギの死体の処理にかからねばならない」

「院長！」

ライネッカは両手で灼《や》けた土を握りしめた。

関根は白鳥を訪ねた。

「どんな具合いだね」

白鳥はコーヒーを注いだ。

パギが自殺したのは昨日だった。バーホの臓物をニンベジが喰った。そのニンベジの臓物を喰ってパギが自殺した。他の患者は発病したバーホ、ニンベジ、パギの臓物を喰っている。三人の死体を貪《むさぼ》ったフツ・フツも毎日、喰っている。クローチェ・ウィルスは残った患者の中で濃密になっているはずであった。〝キャサリン〟は正念場にかかっていた。

「ハリソン院長が防毒マスクを捨てました。ライネッカ博士がつづき、病理学研究スタッフが全員、それにつづきました。ポールもです。着用しているのはバリー・ジャクソンだけです」

「防毒マスクを捨てた？」

「ええ」

「そうか……」

白鳥は腕を組んだ。

クローチェ・ウィルスは急激に濃密になっている。患者のだれかが発病したらスタッフは全員がただちに汚染される。ウィルス株が同定できたらワクチン製造の希《のぞ》みはある。ただし、遺伝情報がヒトのそれより百万倍ものスピードで変化したり突然変異を繰り返すようなウィルスだと、希みはなくなる。スタッフには確実な死が待ち受けていることになる。

気持ちはわからないわけではない。

ハリソンは死の決意をして〝キャサリン〟に突入した。クローチェ・ウィルスをねじ伏せることに成功してもハリソンは死ぬ気でいる。人類は救われる。しかし、だれもハリソンを宥《ゆる》しはしない。〝キャサリン〟に加わったスタッフは悪魔扱いされる。〝キャサリン〟は人類の汚点として指弾《しだん》される。もちろん、白鳥もそのスタッフの中に加えられる。だから、ハリソンは防毒マスクを捨てたのではない。

スタッフは自分たちが防毒マスクを被っていることに堪えられなくなったのだ。防毒マスクを被って研究をつづけるくらいなら投げたほうがよいと思いはじめたのだ。自《みずか》らの痛みなしには研究はつづけられなくなったのだ。パギの自殺でスタッフの狂気は一気に膨《ふく》れ上がった。そのままでは狂気はまちがいなく裂ける。防毒マスクを捨てることでハリソン以下は狂気を抑え込んだのだった。

——しかし、早まったことをしてくれた。

白鳥なら防毒マスクは捨てない。スタッフが発病しては〝キャサリン〟は閉鎖しなければならなくなるからだ。先がみえている戦いではないのだった。

「説得しても、むだか」

「おそらく」

「そうか……」

白鳥はうなずいた。

〝キャサリン〟は地獄だった。ハリソン以下は阿修羅になっていた。阿修羅に防毒マスクは必要ないのかもしれない。

「ジャクソンが捨てなかったのは、賢明だった」

CIA要員のジャクソンにはいつどんな事態が降って湧《わ》くかもしれない。白鳥、関根、鳥居、倉田の四人もそうだった。コロンボは、癌病船の生みの親、故リチャード・スコットの唯一の身内である姪《めい》のセーラを人質にして潜伏している。白鳥と三人のカーペンターにはコロンボを殺してセーラを救出しなければならない責任があった。いつ、ヨーロッパ大陸に渡るようになるかわからないのだった。

「ポールまで、捨てたとはな……」

気のどくにと、白鳥は思った。

ジャーナリストのポールは癌病船に強行着船したばかりに人生を失ってしまった。ぶじに生還できてもポールはもうジャーナリストには戻れまい。生きる方途を失ったにひとしい。

ゲリー・ハリソンは自室に戻った。

夜おそくであった。

ハリソンはウイスキーを取り出した。グラスに注いで琥珀《こはく》色の液体をみつめた。このところほとんど食物を口にしない日がつづいていた。栄養剤と注射とアルコールで生きているようなものだった。生きているのがふしぎなくらいに憔悴《しょうすい》していた。

――頑固な鉱物め。

ハリソンはつぶやいた。

細胞外にいるときのウィルスは一種の鉱物といえる。何もしないからだ。見方は分かれる。もっとも単純な微生物ともいえるし、もっとも複雑な化学物質ともいえる。クローチェ・ウィルスは鉱物なみの頑固さだ。

ウィルスと細菌とのちがいは幾つかある。

核酸は二種ある。デオキシリボ核酸《DNA》とリボ核酸《RNA》だ。細菌はその両者を備えている。

ウィルスはどちらか一つだけだ。それにウィルスは細胞に入って蛋白合成に必要なリボソーム機構を有していない。

すべての生物のウィルスはDNAである。

レトロウィルスだけがRNAであった。

生物界ではDNAからRNAに転写する。一方通行である。例外はないものとされていた。したがってレトロウィルスは無能扱いされていた。みかけ上はレトロウィルスは塩基による暗号ことばを有している。しかし、転写のできないレトロウィルスは細胞に入り込んだところで蛋白も造れず増殖の道はないことになる。

ところが、妙なことがわかった。

レトロウィルスは逆転写酵素《こうそ》を持っていたのだ。その酵素は掟《おきて》を破ってRNAからDNAに逆転写していた。したがって宿主《しゅくしゅ》の細胞に入るや否やRNA遺伝子をDNA遺伝子に逆転写して大増殖をはじめる。ダイナミックな増殖となる。なんとも風変わりな自己保身方法であった。

そのレトロウィルスの逆転写の中に癌をつくるしくみが隠されているものとされていた。レトロウィルスの別名が、癌ウィルス。白血病や肉腫《にくしゅ》をもたらすウィルスであった。

レトロウィルスの一個の大きさは百ミリミクロン。

ハリソンはクローチェ・ウィルスはレトロウィルスではあるまいかと思っていた。ヒトの核酸はDNAである。ヒトにはRNAのレトロウィルスは存在しないものとされていた。それが白血病などをもたらすATLウィルスがレトロウィルスだとわかったのはつい最近であった。ただし、癌をつくるしくみをレトロウィルスの遺伝子からはまだ読み取れていない。

厄介《やっかい》なウィルスであった。

電話が鳴った。

ユーゲン・ライネッカからであった。

抗原抗体反応を調べる準備ができたという。

そちらに行くと答えて、ハリソンは電話を切った。

実験は明日の予定だった。電話の声にはライネッカの執念が滲《にじ》み出ていた。スタッフ一同は防毒マスクを捨てた。背水の陣だ。もう後がない。滅びは覚悟で衝《つ》いて衝いて衝き進むしかなかった。

殺したバーホ、ニンベジ、パギの血液、内臓その他は遠心分離器にかけて孵化鶏卵《ふかけいらん》と動物細胞で増殖をしてある。患者たちの血液、痰《たん》などの体液も集めて培養してあった。

これまでは反応はみられなかった。

ハリソンは〝キャサリン〟に入った。

クローチェ・ウィルスに勝つとも負けるともハリソンは思っていなかった。スローウィルスを捕捉するのは癌病船の力を以てしても容易ではない。ただし、〝キャサリン〟は悪魔の研究所だ。おぞましさが充《み》ち充ちている。そのおぞましさがあるいはクローチェ・ウィルスを誘《おび》き出すかもしれないとは思っていた。十五人の実験ヒトが残っている。共喰いをさせて一人一人と殺してゆく。殺し尽くすまでハリソンは生きていられるとは思っていなかった。ハリソンが仆《たお》れたらライネッカがチーフになる。敗れたら〝キャサリン〟は警備隊によって跡形《あとかた》もなく焼き払われるはずだ。そのための警備隊でもあった。

六月一日、午後十一時四十分。

黒板にハリソンはそう記した。

レズリー・バーン博士も一緒だった。

ライネッカは支度にかかった。

抗原抗体反応というのは免疫学的手法である。抗原はウィルスで抗体は免疫反応である。ウィルスが増殖をはじめると抗原《ウィルス》に対抗する反応が起きる。反応は三つに分けられる。

ウィルスに冒された細胞の抹消。

同細胞を取り囲んで動けなくする。

周辺の細胞から切り離す。

それらの抗体がなければ細胞が分裂して無限に増えつづけてやがて株化がはじまる。培養した細胞の浮遊液を塗りつけたスライドグラスが何十枚もある。アセトン液で処理してある。細胞は脱水されスライドグラスに固定されて死んでいる。個々の細胞は穴だらけになっている。その穴の中にはウィルスの核があるはずであった。つまり、クローチェ・ウィルスだ。頑強な沈黙の貌が潜んでいるはずであった。

抗原《ウィルス》が潜んでいれば抗体に反応する。

常識として抗体は患者の血液に含まれている。

その抗体をスライドグラスに一滴、落とす。抗体と抗原は鍵と鍵穴の関係で結合する。ただし、電子顕微鏡でもそれはみえない。

そこで、免疫蛍光法を用いる。蛍光抗体法ともいう。たとえば、蛍光色素であるフローレッセン・イソチオサイアネートを免疫グロブリンという蛋白質の抗体と化学的に結合させたものだ。蛍光抗体である。

ライネッカは蛍光抗体を一滴ずつ、スライドグラスに落として回った。

反応させるためには約三十分はかかる。

ライネッカもバーンもハリソンも無言であった。

これまでどれだけこの抗原抗体反応を繰り返して来たかとの思いが、三人の胸中にはある。クローチェ・ウィルスはいっさい、反応しなかった。スローウィルスだからだ。沈黙《サイレント》ウィルスたるゆえんであった。

だが、いまは、ちがう。クローチェ・ウィルスは生体移行のキャッチボールをやらされて濃密になっている。いうなればジャワラの森を暴かれ墓を暴かれてクローチェ・ウィルスは追い詰められたのだ。悪魔の医師団の手によって。

——いったい何が潜んでいるのか。

沈黙は重苦しい期待で覆《おお》われていた。

「はじめよう」

ライネッカは腕時計をみた。

三十分が経過していた。

バーンとライネッカはスライドグラスを洗った。余分な蛍光抗体を洗い流すためであった。必要なのは抗原《ウィルス》と鍵と鍵穴状に結合しているはずの抗体であった。

三人は暗室に入った。

暗室には蛍光顕微鏡がある。

ふいに、ハリソンが泣きだした。うっ、うっ、うっとけものの唸《うな》りに似たうめき声を放って、ハリソンはテーブルにしがみついて泣いた。

替わって、ライネッカが蛍光顕微鏡を覗《のぞ》いた。暗視野に星屑《ほしくず》のようにするどく光るものが映っていた。

ライネッカも泣いた。柱に縋《すが》って泣いた。

クローチェ・ウィルスが悪魔の光を放っていた。

死の沈黙ウィルスが引きずり出されたのだった。

癌病船は勝った。悪魔のインスピレーションが勝ったのだ。傷だらけになりながらも癌病船はジャワラの森にクローチェ・ウィルスを追い詰めて小さな光として暗視野に引きずり出したのだ。

バーンが暗室を走り出た。


ハリソンが自室に戻ったのは朝であった。

全員がクローチェ・ウィルスの正体をみた。白鳥鉄善も三人のカーペンターも、みた。ポールもジャクソンもみた。ポールも泣いたしスタッフは全員が泣いた。

ハリソンは実験ヒトにワインを差し入れた。

ハリソンは癌病船のヤング教授に連絡を入れた。ヤングは駆けつけることになった。クローチェ・ウィルスの存在は蛍光抗体でみた。ただし、それは正体とはいえない。抗原が存在していることを突きとめただけであった。ウィルス株の同定はこれからだ。ヘルペスウィルス群なのかレトロウィルス群なのかもわからない。すべてはこれからであった。ワクチン製造に漕《こ》ぎつけるにはヤング教授の力が必要であった。

わかっているのは、蛍光に染められた光はまったく未知のウィルスの放つ光であろうということだけであった。

入浴の支度をしておいて、ハリソンはブランデーを持ち出した。

ダブルで何杯か飲んだ。アルコールには強くも弱くもなかった。飲んでいる間中、ハリソンはキラキラと光る光点をみつめていた。極小の光だった。光は脳裡《のうり》の闇《やみ》にかかっていた。脳裡がスライドグラスの暗視野になっていた。光はたくさんあるわけではなかった。二、三パーセントしかなかった。光は細胞の陽性を示している。それ自体がウィルス粒子ではない。この段階でも電子顕微鏡でウィルス粒子を発見することはできない。ウィルス合成を促進する何種類かの薬品がある。増殖細胞の中にその薬品を加えてやると光る細胞は飛躍的に増える。二、三パーセントだった光が二、三十パーセントになりさらに増えて光だらけになる。そうなればその陽性細胞の中に出来上がったウィルス粒子をみることが可能になる。

ウィルスの型が同定できればそこからRNAならRNAの遺伝子情報の解読にかかることになる。遺伝子が解読できたらウィルスを包む被膜《エンベローブ》の蛋白遺伝子を取り出すことになる。分子生物学の分野である。すべての解読が終われば遺伝子組み替えの技術を用いて大腸菌などで遺伝子を増やすことになる。すなわち、ワクチンだ。

脳裡にかかった幾つかの光点の背景にはそうした複雑な工程が潜んでいた。みるともなくハリソンはそれらをみていた。そのうちにふっと光が揺れ動いた。地震のように揺れた光がこんどは蛍《ほたる》となって飛び交いはじめた。めまぐるしい動きであった。ハリソンはみつめたまま動かなかった。そのうちに光は停止した。光はパギの貌になった。パギは泣いていた。泣きながらニンベジの臓物を口にして、嚥下《えんか》した。泣き顔がハリソンをみつめた。さみしくて哀しくてどうしようもないといった貌であった。

時が停止していた。

ハリソンは停止した時から抜け出た。

ダブルをハリソンはもう一杯、飲んだ。

ハリソンは服を着たままで浴槽に入った。ゾリンゲンの剃刀《かみそり》をハリソンは手にしていた。

——もう、終わった。

ハリソンはつぶやいた。

あとはヤング教授がやってくれる。優秀なスタッフがいる。癌病船はワクチン製造に突入する。十五人の実験ヒトは犠牲にせずに済もう。ハリソンはバーホとニンベジを殺した。パギは承知していてニンベジの臓物を口にした。哀しくてどうにもならない貌だった。

――もう、終わった。

ハリソンはもういちど、つぶやいた。

左手首の動脈にゾリンゲンを当てた。ゆっくり、切り割《さ》いた。ハリソンは双眸《そうぼう》を閉じた。

白鳥鉄善がハリソンの部屋に踏み込んだ。

心臓が苦しくなるほどの胸騒ぎに白鳥は襲われたのだった。浴槽は血で染まっていた。ハリソンは切った手首を右手で外側に押していた。そのままにしておくと手首が内側に曲って自然に出血が止まるからであった。

「自殺には早すぎるぜ、ハリソン」

白鳥は出血を止めた。

「もう、終わったんだよ、キャプテン」

ハリソンの声は弱々しかった。

「終わるものか！　癌病船はまだ勝ったわけではないんだ！　自分だけ逃げるつもりか！」

白鳥は大喝した。

3

スペイン。

癌病船カーペンター一行が首都マドリードに入ったのは七月九日であった。

スペイン秘密警察はマルチネス広場の近くにある。関根、鳥居、倉田の三人は秘密警察に入った。

〝キャサリン〟は消滅していた。

医師団は癌病船に引き揚げていた。ジャワラの森はもとどおりになった。ジャワラの森だけでなくアフリカ諸国もヨーロッパ大陸も平静を取り戻していた。

世界保健機関《WHO》から各国に報告が入ったのだった。クローチェ・ウィルス撲滅《ぼくめつ》の見通しが立ったと。門戸を閉じる必要はもうなかった。世界各国は息吹きを取り戻した。凍結が解けたのだ。表面的には核地雷が処理され、アメリカとソビエトの一触即発態勢が解決されて核戦争の危機が遠のいたことになっていた。息吹きを取り戻したヨーロッパ大陸は経済の立てなおしに突入していた。

癌病船の勝利であった。

癌病船がギニア湾に入り、医師団がアフリカ共和国のジャワラの森に基地を設営したことは世界中が知っていた。アフリカ共和国のクーデターが癌病船と関係のあるらしいことも知っている。ただし、何が行なわれたのかはだれも知らない。

〝キャサリン〟は警備隊が闇に葬《ほうむ》り去った。〝キャサリン〟は永遠に明るみには出ない。もちろん、だれかは〝キャサリン〟の暗号名に気づこう。執念深いジャーナリストは世界大戦前夜の演出と癌病船の奇怪な行動を結びつけて追及にかかる。その過程で〝キャサリン〟を耳にする懸念はある。

ただし〝キャサリン〟を追及にかかったジャーナリストは、事故に遭《あ》うことになる。

ワクチン製造が可能になった。

予想したようにクローチェ・ウィルスはレトロウィルスであった。まったく未知のウィルスだった。しかもスローウィルスときている。一個の粒子の中に分子量約三万近いRNA分子を二本つなげて持った、怪物であった。

よくぞ癌病船は戦いを進めたものだというのが、三人のカーペンターの実感であった。ジャワラの森を突きとめるのさえ容易ではなかったのだ。

秘密警察隊長のホルゲ・ロペスがカーペンター一行を待っていた。

「癌病船の戦いに、まず感謝します」

ロペスは笑顔で三人を迎えた。

すくなくともスペインはいま、もっとも癌病船を必要としていた。コロンボはスペイン国内で行方を絶っている。スペインに潜伏しているものと思われていた。だとしたら、クローチェ・ウィルスは呼気感染によって広範囲に汚染をおよぼしているにちがいないと、ロペスはおびえていた。そのおびえが現実のものとなりかけていた。そこでもここでも発病をはじめようとしてその前夜にあるのだった。死の大旋風の前夜だ。

もちろん癌病船はワクチン製造のめどを得た。ただし、間に合うかどうかだった。

「コロンボのイタチ野郎の情報を入手したとか、うかがいましたが」

関根が切り出した。

コロンボを追ってカーペンター三人はフランスからスペインに入った。スペイン側の追跡責任者であるロペスとは共同作戦をとって知り合いになっていた。

「ええ。情報ではなくて、イタチ野郎をみつけたと申し上げます。この病的にみえる男が野郎です」

ロペスは引き伸ばした写真を取り出した。

観光地のようだった。記念写真らしい一枚にコロンボが写っていた。偶然に入ったようだった。

「どこですか?」

関根は写真を倉田に渡した。

「それが、アンドラ公国といって、妙な国なのです」

アンドラ公国。

面積、四百五十三平方キロメートル。

人口、三万四千人。

スペインとフランスの国境にピレネー山脈がある。その山脈の東部に位置するのがアンドラ公国。古くは〈アンドラ中立連合〉と呼ばれていた。領有権をめぐってスペインとフランスは戦争をやったが解決がつかなかった。話し合いの末にどっちの領有でもないことになった。

主権はスペインのセオ・デ・ウルヘル市司教とフランスのピレネー・オリエンタル県知事が共同で有することとなった。

国防はスペインとフランスが受け持つ。

警察業務はスペインとフランスが一年ごとで交替する。

通貨はペセタとフラン。

そのかわり、アンドラ公国は隔年ごとにウルヘル市司教に四百六十ペセタとオリエンタル県知事に九百六十フランを納める。

所得税無し、関税無し、パスポート、ビザ無しである。

関税がかからないからスペインとフランスから買物客が押し寄せる。その数が年間に一千万人におよぶ。公国の政府予算はその観光収入で賄《まかな》われる。

ロペスの妻と娘がアンドラ公国へ行って来た。

ロペスは娘の写った写真をみせられた。その写真の中にイタチ野郎のコロンボが写っていたのだった。

コロンボがアンドラ公国に潜伏しているのかどうかはわからない。潜伏している可能性はある。だれでもが住めるからだ。人口三万四千人のうちで純粋な公国人は数千人にすぎない。あとはどこからかやって来て住みついた連中である。

「それで、調べたのですか」

「いえ、まだです」

今年はスペインが警察業務を受け持っていた。といってもたいしたことをするわけではない。それでも警察権があるから調べるのはかんたんだ。しかし、ロペスは三人のカーペンターを待つことにした。コロンボはマイケル・スミソニアンと妻のセーラを人質にとっている。スミソニアンが解放されたニュースはないからいざというときの人質にとられているのだ。スミソニアンはイギリスの名家で貴族でもあった。それに妻のセーラは癌病船の生みの親である故リチャード・スコットの唯一の肉親であった。うかつには手が出せない。それにコロンボはクローチェ・ウィルスに感染している。クローチェが感染源ならコロンボは二次感染だ。もうすぐ発病するかすでに発病していてもおかしくはない時間が流れていた。

写真のコロンボは痩《や》せていて病的な感じがする。

発病しているものとロペスは判断した。

となると、ことは一筋縄ではいかなくなる。コロンボはクローチェ・ウィルスをばらまいている。もっとも感染の強いのは発病の前後だ。アンドラ公国は汚染されてしまっている危惧《きぐ》が大だ。公国だけではない。厖大《ぼうだい》な数の観光客も汚染されたものとみなければならない。

三次感染、四次感染となるとウィルスの潜伏期間は極端に短くなる。各国が門戸を閉ざしておそれた死の大旋風が吹き荒れようとしているのだった。

癌病船に介入を求めるしかなかった。

癌病船はセーラを救けるためなら死物狂いとなる。

癌病船はワクチン造りに突入しているが目下のところは試作の域にあるといってよい。世界に名の知れた製薬会社から技術陣の派遣を癌病船は求めている。ワクチンの製造法を伝えるためであった。まだ、その段階にある。癌病船がスペインのバルセロナに入港すれば、コロンボがもたらすかもしれない死の大旋風によって引き起こされる巨大パニックを、押え込める。癌病船にはその力がある。ワクチンを最優先としてスペインに投入してもらう。ひとびとはバルセロナに入港した巨船をみただけで、死の恐怖から救われる。

政府上層部と話し合って、そう決定したのだった。

それには三人のカーペンターを招くことだった。

癌病船は特定の国には与《くみ》しない。だが、カーペンターが口添えするとなれば話は別だ。それにセーラという切り札がある。コロンボはアンドラ公国を通過しただけかもしれない。写真は他人の空似かもしれない。どちらであろうとスペインは必死にならざるを得ないのだった。

「わが国の首相が、直接、あなたがたにお目にかかってお願いをしたいと、申しております」

ロペスは苦しい立場を説明した。

「首相にお目にかかっても、しかたがない。癌病船には連絡を取ります。たぶん、バルセロナ港に入るでしょう」

関根が答えた。

セーラがいるのなら、白鳥鉄善が黙ってはいない。

ロペスはアンドラ公国に入った。

隊員を五十名、観光を装わせて送り込んであった。

三人のカーペンターと一緒にロペスは公国に入った。

癌病船はバルセロナ港に入港することになっていた。スペインにとっては百万の援軍ではきかない巨大な援軍であった。

アンドラ公国は渓谷《けいこく》の国であった。東ピレネーにあって高い山々に囲まれている。セグレ川とバリラ川がV字形の峡谷《きょうこく》を造っていて公国はその峡谷に造られている。高度が千八百メートル。首都のアンドラは前後を高山の絶壁に遮《さえぎ》られている。道路はスペインからフランスに通じるハイウエイが一本だけ。

ロペスは三人のカーペンターをアンドラ・センターに案内した。最上級のホテルだった。

「見物でもしていてください。二、三日中にはイタチ野郎の潜伏場所を突きとめます。この公国にいればですが」

「なるべくなら、ここに潜んでいていただきたい」

関根は笑顔でロペスを送り出した。

コロンボが潜伏していれば、攻撃はカーペンターが行なうことになっていた。秘密警察が攻撃してセーラを殺させでもしたら、ことだからだ。

「しかし、アンドラ公国とは、呆《あき》れた」

鳥居が笑いだした。

観光に興味はないから三人は飲むことにした。

「どこに対しての公国なのかね」

倉田。

「国連に向かってではないのか」

峡谷を見下ろしていた関根が、答えた。

「いい加減なことをいうな。しかし、コロンボが潜伏していそうな気がするな」

関税もなし、税金もなし、入出国は自由、だれでも住める公国などというのは、ほかにきいたことはない。

コロンボには打ってつけの国に倉田には思えた。

「セーラだが、何カ月になる?」

関根。

「約六カ月だ」

鳥居が指で数えた。

「長いな……」

セーラは記憶喪失にかかっているのではあるまいかと関根は思っていた。コロンボほど残忍な男はほかにはいない。性交奴隷にされているのは目にみえていた。夫のマイケルの前でやられつづけている。六カ月間もそれがつづくというのは異様であった。狂うか自殺するかしなければならない。それとも、コロンボの女になりきってしまったのか。

それにしても、マイケルという男がわからない。生きているとすればだ。戦いを放棄する男というのが、関根には理解できない。

――あと、二、三日か。

この公国にいれば、二、三日で救出できる。

コロンボは殺す。手下がいればそいつらも殺す。ロペスは鏖《みなごろし》にする肚《はら》だ。殺すのは関根も賛成であった。クローチェ・ウィルスを保護することはないのだ。

セーラはコロンボに跨《また》がられていた。

コロンボは尻に跨がっていた。

マイケル・スミソニアンが傍でみている。マイケルはコロンボの性交奴隷になっていた。マイケルはどちらかというと女性に近い容貌であった。このアンドラ公国に来てコロンボは落ちついた。レバント地方の内陸部だった。冬はスキー場になる土地をコロンボは所有していた。

ホセ・ラミレスとイサベルの夫婦が土地を管理していた。冬はスキー場を経営し夏場はラミレス夫婦は羊を飼っていた。収入はすべて夫婦のものになる。名義上は土地はラミレスのものであった。コロンボはテロで得た大金を投入して余生のための隠棲《いんせい》地を用意してあった。公国にかなりな預金も持っているという。残忍きわまるテロリストにしては用意がよかった。

ある日、コロンボはマイケルにおのれの男根に仕えるように命じた。マイケルは両手で仕えた。命じられるままに口腔性交もした。そのあとでコロンボは尻を出せといった。マイケルは尻を差し出した。エイズをおそれてコロンボはゴムを使った。油を塗って挿入した。コロンボは気持ちよさそうに責めはじめた。マイケルは四つん這《ば》いになっていた。

おかしなことが起こった。

マイケルがあえぎはじめたのだった。苦痛のあえぎかと思ったがみたらマイケルの男根が勃起していた。ずっと勃起不能になっていたマイケルであった。

マイケルはあえぎながら自身のものを片手で擦っていた。

それがきっかけだった。マイケルはコロンボの女になってしまった。コロンボに媚《こ》びを売る。コロンボがその気になるとマイケルは急いで口腔性交にかかる。コロンボも男同士の性交に興味をおぼえたようだった。セーラを忘れてマイケルの尻を抱いた。肛門は締め具合いがよいのだという。

セーラにはどうでもよいことだった。

マイケルが女ことばをつかうのを嫌悪の情なしにきいた。スイスの山荘でセーラはコロンボに征服された。マイケルは山荘にコロンボを案内してしまった。そうなってはもうどうにもならなかった。

その時点で夫と妻ではなくなっていた。

マイケルともコロンボともセーラは縁のないところに自身を置いていた。他人が何をしようと勝手であった。コロンボは三回に一回の割でセーラに跨がった。気持ちがよくなればセーラは声を出す。反応しないときには黙ったままだ。したいようにさせておくだけであった。

いまではコロンボはマイケルの男根を口にするまでになっていた。肛門を責めながら手でマイケルの男根を擦ってやっている。

十日ほど前からコロンボは熱を出していた。出たり引いたりしている。さしたる熱ではないのに体はだるそうであった。重いものを抱えた感じになっていた。コロンボに殺された犠牲者の執念が腹に重くなった感じをセーラは受けた。

介抱はマイケルがする。献身的な介抱であった。

今日は熱が下がっていた。

めずらしくコロンボはセーラの尻に跨がって来たのだった。

コロンボに護衛はついていない。コロンボの武装は拳銃だけであった。眠っているときに拳銃を奪うことはできる。棍棒《こんぼう》で叩き殺すこともできる。しかし、セーラは手は出さなかった。世間はセーラとマイケルがコロンボに捕えられたことを知っている。セーラは性交奴隷に堕《お》とされたとみている。それが常識だからだ。世間には戻りたくても戻れない。黙って殺されるつもりでいたがコロンボは殺そうとしない。そのうちにマイケルがコロンボの女になってしまった。セーラがコロンボを殺したらマイケルが怒るにちがいなかった。

どうでもいい。

何も思わない。

セーラは身の周りに透明の布をめぐらしていた。

コロンボが射精してセーラの尻から下りた。

待っていたマイケルが急いで男根を清めにかかっている。マイケルはもともとコロンボを好きだったのかもしれない。脅されてちぢみ上がったがその恐怖には従うことへの重い期待があったのかもしれない。期待があったから恐怖は深く身動きのとれないものになったのかもしれない。もちろん、ひとの心はわからない。ただし、マイケルとの結婚は破綻《はたん》のための結婚だったことは、はっきりしていた。

コロンボはマイケルにいう。たまにはセーラを抱いてもかまわないぜと。みててやるから乗っかってみなと。マイケルは尻込みする。

コロンボは公国に来てから妙に気弱になっていた。マイケルを叩かなくなったのがそれであった。返事が悪いとか動作が鈍《のろ》いといってはコロンボはマイケルを殴り倒した。セーラに跨がったままでコロンボはマイケルに肩を揉《も》ませたりした。痛めつけて、みせつけてコロンボはセーラに跨がる快感を大きくしているのだと、セーラは思っていた。どうやら、ちがっていたようであった。

コロンボとマイケルは男と女の仲になった。

呼び合うものがあるからこそコロンボはマイケルを虐《いじ》めつづけ、マイケルは屈伏しつづけて来たのだという気がする。そしてその関係がコロンボを弱気にしたのかもしれない。そうでなければコロンボはセーラとマイケルを性交奴隷として絶対的支配者でいなければならない。また、そうできたのだ。コロンボの弱気には陽が翳《かげ》ったような感じがあった。どういうのかなかなか治らない発熱がその感じを深めていた。コロンボは滅びるのではあるまいかとセーラはふっとそう思うことがあった。

ホルゲ・ロペスは三名の隊員を率いていた。

羊を追っていたラミレス夫婦に出遇《であ》ってロペスはコロンボの写真をみせた。ラミレス夫婦はうなずいた。その男は自分たちの雇い主で山荘にいるという。男女が一緒だという。

ロペスは踏み込むことにした。男女というのはマイケルとセーラだ。相手はコロンボただ一人。コロンボは公国に隠れ家を用意していた。喰えぬイタチ野郎だ。隠れ家に入って安心しきっている。運の尽きだ。カーペンターたちを呼ぶまでのことはなかった。

ロペスは山荘に踏み込んだ。

セーラが全裸で横たわっていた。

コロンボも裸でそのコロンボの男根をマイケルが口にしていた。

コロンボが突っ立ったときにはロペスの拳銃がたてつづけに鳴っていた。コロンボは四弾を喰《くら》って床に叩きつけられた。マイケルがその死体にしがみついた。セーラは横たわったままで性器を隠そうともしなかった。天井をみつめたままであった。

「支度をして、こいつを被れ」

ロペスは防毒マスクを投げた。

「コロンボはおそろしい伝染病に罹《かか》っている。呼気感染するウィルスだ。きみたちも感染している」

ロペスは傍には近寄らなかった。

大型ヘリコプターがアンドラ公国を翔《か》け発《た》った。

三人のカーペンターとロペスが乗っていた。

防毒マスクを被ったセーラとマイケルが乗っている。ヘリコはバルセロナに入港中の癌病船に向かうと二人には告げてあった。三人のカーペンターは癌病船から派遣されたとも教えてある。セーラは終始、無言。救出したときも救出されてからも一言も口をきかないのだとロペスはいう。

セーラとマイケルは離れた席にいた。

記憶喪失ではなさそうだが人格が破壊されているようであった。関根はロペスから踏み込んだときの模様を教えられていた。セーラの病根はクローチェ・ウィルスより業《ごう》が深そうな気がした。

癌病船はバルセロナ港を動かなかった。

七月十二日にセーラとマイケルを収容した。

七月十五日。

スウェーデンのスペンスカ・タグブラデット紙が放れ業《わざ》をやってのけた。クローチェ・ウィルスを暴露したのだ。ミラノ市にあるミラノ・コムーネ病院から脱走したとされている南ア国籍のクローチェ・スパドリヒは実は癌病船にひそかに収容されていた。クローチェは〝クローチェ・ウィルス〟に感染して死に直面していた。クローチェ・ウィルスは百パーセント死の転帰を辿《たど》るウィルスで呼気感染するおそるべき未知のウィルスである。人類が死の大旋風に見舞われるのは必至だ。クローチェと同棲していたジョルジュ・コロンボをイタリア、フランス、スペインの各警察が死物狂いで追跡したのはそのためである。ヨーロッパ各国がソビエトも含めて国境を閉鎖したのもそのためのものであった。ゆえに、抵抗もしないコロンボをスペイン警察は射殺した。コロンボに人質にされていたスミソニアン夫妻が癌病船に収容されたのもその辺の事情を物語っている。コロンボは発病していた懸念が大である。

テレビがそのスクープにとびついた。

その日のうちにニュースは全世界を駆け回った。

白鳥鉄善は船長公室にいた。

関根が訪ねて来たばかりだった。

「だめか」

関根の冴《さ》えない貌をみて、白鳥はそう訊《き》いた。

「だめです」

関根はソファに腰を下ろした。

セーラを見舞ったばかりだった。セーラはマイケルとは離して特別室に収容してあった。収容はしたがセーラは食事を摂《と》るのを拒《こば》んだ。口にするのはコーヒーだけであった。食物はいっさい、口にしない。白鳥が見舞っても口をきかない。口はきけるのだが喋《しゃべ》る気力を失ってしまっていた。生きる意欲もない。訪れる死をセーラは待っていた。担当医は点滴をつづけている。その点滴でさえ看護婦が部屋を出ると、外してしまう。

神経科医が説得した。神父が説得した。ケース・ワーカーが解きほぐしにかかった。だれが何をいってもセーラは反応しない。無言で窓から海を観るかベッドに横たわっているかのどちらかであった。テレビも観ないし、ラジオも聴かない。雑誌も読まない。

「弱ったな」

「弱りました」

無理に口を開けて食物を押し込むわけにもいかない。

積極的に自殺を計る人間にはまだ希《のぞ》みがある。その反対の方向に向けてやればよい。解決できる何かがたいていは存在するからだ。セーラのは別だ。自分で自分の人格を破壊してしまっている。生きたいとはまったく思っていない。積極的に死のうともしない。鬱病なら薬があるがセーラに効く薬はない。

好きなようにさせるべきだと、関根は思う。生きていたくなければ死ねばよい。だれかが殺すわけではない。衰弱して自然に死ぬだけのことだ。セーラにその旨を告げてあとは放ったらかしておくべきだ。

しかし、白鳥にそんなことは提言できない。

白鳥は故リチャード・スコットの親友であった。

七月十八日。

アンドラ公国にクローチェ・ウィルスに汚染された発熱者が出た。

スペイン政府は公式発表をしてあった。

癌病船で死亡したクローチェ・スパドリヒはたしかにある種の伝染病の保菌者《ウィルス・キャリアー》ではあった。逃亡したコロンボが感染していたかどうかは、本人を射殺したのではっきりはしない。スミソニアン夫妻を癌病船に送り込んだのは妻のセーラが癌病船にかかわりを持っているからである。なお、いわれているクローチェ・ウィルスなるものは、癌病船に問い合わせた結果、発熱から端を発するものとわかった。発病前後の呼気感染は正しいもののようである。発熱者は濫《みだ》りにおびえず騒がず、医師にかかって発熱の原因を知ることである。なお、癌病船はワクチン製造に成功したとのことである。

スウェーデンのスベンスカ・タグブラデット紙のスクープを真っ向うから否定しても効果のほどは期待できないと、スペイン政府は判断したのだった。

発熱第一号を待っていたように続々と感染患者が出た。アンドラ公国は発熱者で膨《ふく》れ上がりそれがたちまちスペイン全土に飛び火した。

火の手はフランスでも湧き上がった。

七月二十日。

スペイン政府はフランスとの国境を閉鎖した。

アンドラ公国経由で発熱難民の大群がスペインに押し寄せた。目的地はバルセロナ港の癌病船。異様な光景であった。だれもかれもが車でやって来た。窓は閉め切ってある。ドアも窓も開けない。クローチェ・ウィルスは呼気感染である。自らの呼気も出さないが大気中に充満しているウィルスも吸うまいとしていた。例外なく、真夏だというのにマスクを濡《ぬ》らして着用していた。

スペイン国内でも大移動がはじまっていた。

目指すのはバルセロナ港に碇泊《ていはく》中の癌病船。

もちろん、発熱している。風邪の熱もある。ほかの病気による熱もある。なんとなく頭が重いとか、そういえばあのときとか、このところとか思い出すのもいる。別の病気で医師にかかっていたが、いまだに治らないのは訝《おか》しいというのもある。

流言蜚《ひ》語《ご》は限りがない。

バルセロナ。

ホルゲ・ロペスは港湾局に警備本部を設けていた。癌病船を守る警備陣であった。暴動にも備えていた。埠頭《バース》というバースは厳封してある。海軍も出動して海を封鎖していた。船で癌病船にアタックする連中がかならず出て来る。国境を閉じたからフランスからは海路が狙《ねら》われる。

バルセロナ上空は飛行禁止にしてあった。

予想はしていたがこれほどまでとはロペスは思わなかった。

呼気感染で確実な死の転帰とあってひとびとは恐怖に駆られていた。家族のだれかが感染したら一家全滅だ。五次感染、六次感染となるたびに発病が早い。いまでは感染後一週間以内に発熱すると信じられていた。

イタリアでも火の手が上がっていた。

各国政府はスウェーデン政府に厳重な抗議をしていた。

ＷＨＯ事務長がフランスに来たのが昨日。

スペイン、フランス、イタリアの厚生担当大臣が集まって対策を協議した上で、癌病船に入ることになっていた。

癌病船。

カーペンターの関根はDデッキを歩いていた。

Dデッキにはバー、レストラン、クラブ、カジノ、ダンスフロア、ゲーム室、ショッピングセンター、ケース・ワーカー・センター、喫茶室、劇場、図書館などがある。

ケース・ワーカー・センターの前を歩いていて、関根は足を停めた。患者の描いた絵が展示されてあった。その中の一枚に関根の目が止まった。

似顔絵であった。

署名がドール・ウォーカー、十二歳とある。

老婆を描いた絵だがふしぎに生き生きとみえた。決して上手とはいえないが妙に心を惹《ひ》くものがあった。もちろん、関根はそのモデルは知らない。

関根は隔離病棟にドールを訪ねた。スペイン北東部のロッサス湾に面したカダケスの町で収容した少女だと思い出していた。父母と三人でイギリスからバカンスにカダケスを訪ねた。ウォーカーは隣を誘ってパーティを開こうとした。そこにコロンボが潜んでいた。母は父と娘の前でコロンボに犯される羽目になったのだった。

「やあ、元気かい」

「ええ、ありがとう」

「似顔絵を一枚、たのみたいのだがね」

「ええ、いいわよ」

「では、こっちに来て」

関根はドールを病室から連れ出した。

ドールに防毒マスクを被せた。本来は隔離病棟の患者はその棟以外には出せないのだが、関根は無視した。

クローチェ・ウィルスがAデッキ、Bデッキ、Cデッキの特別病棟患者に暴《ば》れてしまった。世界中が報道をはじめたからどうにもならない。昨日、特別病棟患者から集団抗議があった。隔離病棟の患者の即時下船、即刻バルセロナ出港の二つを白鳥船長とハリソン院長に突きつけた。白鳥とハリソンは立往生している。

今日の午後にはWHOの事務長とスペイン、フランス、イタリアの担当大臣が癌病船にやって来る。フランスとイタリア政府はワクチンの公平分配を強く要請して来ている。そのワクチンは製造にかかったばかりで癌病船用分すらまだできていない。

なのにスペインでは戦争騒ぎが起きている。

本来なら白鳥もハリソンもすぐにもバルセロナを出港したい。だが、癌病船が出港したらスペインで暴動の起こるのは必至だ。ひとびとは死の恐怖に打ちふるえ、癌病船を恨《うら》むことになる。呪《のろ》うことになる。責任は挙げてスウェーデン政府にある。世界中の政府を裏切ったことになる。しかし、それをいってみても、はじまらない。欧州大陸は巨大な動揺の中に叩き込まれていた。これからますますはげしくなる動揺であった。

セーラには死相が出ていた。

セーラには世界もクローチェ・ウィルスもなかった。点滴をさえ拒むようになっていた。絶食をして今日で八日目だ。痩せ細っていた。一日中、窓から海を観ている。白鳥も匙《さじ》を投げざるを得なかった。馬を水辺に連れては行けるが水は飲ませられないという、そのとおりであった。セーラはもう何日とは保《も》たない。

ドールに似顔絵を描かせるのは白鳥のためであった。いまは亡い親友の唯一の肉親を白鳥はなすすべもなく遠い旅に立たせようとしている。少女の描いた稚《おさな》い似顔絵のほうが白鳥には慰めになるはずであった。

関根はドールを特別病室に送り込んだ。

ロペスは癌病船に入った。

白鳥は船長公室にロペスを招いた。

ハリソンと関根を同室させた。

「WHO事務長は、何時に着きますか」

ロペスはそれを訊いた。

「あと、約一時間だ」

白鳥が答えた。

「お偉方が来て、どうにかなりますか」

「正直いって、ロペス君。どうにもなりはしない」

ワクチンは製造の緒《ちょ》に就《つ》いたばかりだ。これから各製薬会社から派遣された技術陣が癌病船を出て国に戻る。製造に取り組むのはまだ先のことになる。WHO事務長が来たところでどうなるものでもない。スペイン、フランス、イタリアに平等にと要請するくらいのことしかできない。

「わたしのほうは、収拾がつかなくなりました」とロペス。「これは、わたしだけの意見ですが、癌病船は出港したほうがよいように思えます。バルセロナは危険になりました」

対策が遅れた。

バルセロナは発熱患者で膨《ふく》れ上がった。車で市は交通が麻痺《まひ》した。車のバルセロナへの乗り入れを禁止したら発熱者の群れは歩いてバルセロナに入った。目下、軍の出動を要請中だ。癌病船がいても暴動は起きる。そうなら、癌病船は出港したほうがよい。不測の事態が起こりかねない。

「大型ヘリコで何十人もが癌病船に強引に乗り込むとの、噂があります」

「差し出がましいのですが、偽薬《プラシーボ》というのは、どうです?」

関根が提案した。

「プラシーボ!」

ハリソンが大きな声を出して、腕を組んだ。

「治安はスペインの責任です。医師という医師を掻《か》き集めて、プラシーボを渡したらどうです。癌病船提供のワクチンだといって。どうせ、ただの熱なんですから」

「そんなことは、させられない」

白鳥が拒否した。

「癌病船は戦闘船だ。われわれは戦って来た。これからも戦いつづける。プラシーボを渡して弱者を騙《かた》るのは、戦いとはいえない。癌病船のやることではない」

「撤回します。失礼しました」

「いや、失礼ではない。ほかの案を考えろ」

白鳥。

「でしたら、本物の薬を……」

「それだ！　関根君！」

ハリソンの声には腕力が含まれていた。

「たしかに、癌病船は後退はしない。騙りは後退だ。ならば、本物の薬だ。キャプテン！　われわれは戦いつづけて来た。これからも戦う！　たったいまからだ！　戦うために癌病船は存在する！　そのとおりだ」

「どうしようというのかね、ハリソン」

怪訝《けげん》そうに白鳥はハリソンをみた。

「癌病船の医師を総動員する。バルセロナ市の中央広場にテントを張る。医師団と看護婦団は総出だ。発熱者を癌病船として調べる。九十九パーセントまではただの発熱だ。それでも、われわれは診《み》る。かれらはクローチェ・ウィルスにおびえきっている。癌病船でなければ治せないと思って、歩いてでもこのバルセロナにやって来た。かれらは弱者だ。癌病船がかれらを見捨てるとしたら、それはわれわれにとって恥辱《ちじょく》以外のなにものでもない。何万人でも診よう。適切な指示を与える。診察に先立ってわたしとキャプテンで現場で記者会見に応じよう。クローチェ・ウィルスの概要を説明するのだ。ワクチン製造の見通しもだ。ウソはいわない。真実を述べる。真実を述べて信じていただく。皆さんのうちの九十九パーセントはただの熱だと告げる。それでも診察はする。診断を出す。もしもその診断が舌足らずであって、クローチェ・ウィルスにある特徴が出て来たら、そのときはかならず癌病船が引き取る。責任をもって治す。いまは何万人、何十万人もに予防接種するワクチンはないが、ほんもののクローチェ・ウィルス感染患者を治すだけのワクチンならある。われわれを信じよと説く。わたしは、信じさせてみせる。かれらを暴動に走らせてはならない。かれらの求めているのは癌病船なのだ。癌病船を求めてこのバルセロナにやって来たのだ」

「よかろう、ハリソン。それでこそ、癌病船院長だ」

白鳥は握手を求めた。

ハリソンの立ちなおりはほんもののようだった。医師として何をなすべきかをハリソンは心得ている。その気概がハリソンを〝キャサリン〟に駆り立てた。〝キャサリン〟がなければ目の前に大群集を迎えても、すべはなかった。つぎつぎと死の街が拡がるだけであった。

「わが国の政府に、いまの決定を伝えてもよろしいでしょうか」

ロペスの双眸《そうぼう》に生色が戻っていた。

「伝えたまえ、ロペス君。そして、ただちに中央広場にテントを張る支度にかかっていただきたい」

白鳥が指示した。

電話が鳴った。

セーラに付けた看護婦からだった。すぐに来てと、白鳥にかかった電話は異変を告げていた。

関根を先頭に白鳥とハリソンが走った。

セーラは窓辺のテーブルに掛けてスープを飲んでいた。

向かい合ったドールは果物を食べていた。

セーラはドールと笑いながら話していた。

スープと果物はつねに用意してあった。ドールがセーラの絵を描くというので看護婦は部屋を出た。戻ってみたら、その光景があった。仰天して白鳥に電話をかけたのだった。二、三日のいのちと担当医は判定していたのだった。

「ご迷惑をおかけしました、キャプテン」

セーラは立って挨拶した。

「しかし、だれが、この少女を――」

一枚のセーラの似顔絵がイーゼルにあった。

「わたしです。展示してあったドールの似顔絵が、デッサンそのものは簡潔なのに、ふしぎに生き生きとしてみえたので、キャプテンにセーラの、似顔絵を遺しておこうと……」

関根にもわけのわからない事態であった。

「次期の船長は、これで関根君に決まりだ、キャプテン」

「いまからでも、譲りたいぜ、ハリソン」

白鳥はハリソンの肩を叩いた。

壁にかけた似顔絵を白鳥鉄善はみつめていた。

正確にいうと似顔絵ではない。死相を深めたセーラにはほとんど似ていない。十年も昔ならこんな容貌だったのかもしれない。しかし、ドールがその頃のセーラを知るわけがない。知るわけがないのに描いたとなるとドールは尋常ではない才能を秘めていることになる。

セーラは似顔絵をみて、かっての自分であるのを知って、驚愕《きょうがく》した。ドールがモデルにしているのは死相を深めた心も体も醜《みにく》いいまの自分だ。なのにドールはその醜い自分の裡《うち》に過去の生命力をみつめて取り出してみせた。

セーラの驚愕はそこにあったような気がする。

驚愕がなければセーラは目覚めなかったはずだ。

——やつめ。

白鳥はつぶやいた。

関根だ。やつはドールの絵を見て何かを感じたのだ。だからこそドールを死にかけたセーラの部屋に送り込んだのだ。なるべく若く描けとでもドールにたのみ込んだのかもしれない。

策士がいた。リチャード・スコットよ。きみが建造した癌病船のクルーの一人だ。その策士のおかげできみの唯一の身内であるセーラは救われた。リチャード・スコットよ。わが畏友《とも》、ゲリー・ハリソンを見守りたまえ。

白鳥は絵に向かって語りかけた。

この作品は1990年1月に刊行された講談社文庫を底本にしました。なお、本作品はフィクションであり実在の個人・団体などとは一切関係がありません。

また、文中、アフリカの部族について最新の研究とは異なる表記がありますが、執筆時の資料に基づくものであり、著者が故人であることも鑑み、偏見によるものではないことをお断りして、原本のままとさせていただきました。

徳間文庫

癌病船《がんびょうせん》応《おう》答《とう》セズ

2020年9月15日 初刷

著者 西《にし》村《むら》寿《じゅ》行《こう》

発行者 小宮英行

発行所 株式会社 徳間書店

東京都品川区上大崎三－一－一
目黒セントラルスクエア 〒141－8202

電話 編集〇三(五四〇三)四三四九
販売〇四九(二九三)五五二一

振替 〇〇一四〇－〇－四四三九二

印刷
製本 大日本印刷株式会社

ISBN978-4-19-894593-0 (乱丁、落丁本はお取りかえいたします)

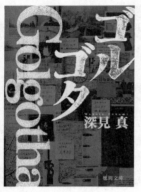

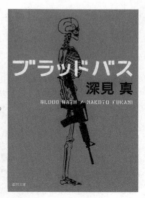